エクソーム・パラレルワールド

陰山泰成
Yasunari Kageyama

ーSF小説編ー

知道出版

エクソソーム・パラレルワールド　目次

プロローグ

昭和六十年五月十九日午後十一時半、関東台場病院の救急外来、五歳になったばかりの影浦右京は、母親しずえに連れられて外来受診した。

ごった返している救急外来で、子供の腹痛はあっという間に片づけたい、とばかりに面倒くさそうに当直医が対応に入る。

「かあさん、痛いよ、痛いよ、痛いよ」

母親にしがみつく右京を、

「はい、ちゃんと先生にみせましょうね」

と言葉とは裏腹に、荒々しく当直医は母親から子供を引き離す。泣きじゃくる右京を看護師が押さえつけ、当直医が腹診、エコー、血液検査と簡単な診察をする。

「アペ（虫垂炎）はなし、よくわからんな、専門医おらんし、うーん？　まあ、とりあえず入院」

当直の医者は原因不明の腹痛として入院させた。

右京は痛みと不安で泣き叫ぶが、大人二人に押さえつけられ、身動きがとれない状態で、鎮痛薬を座薬で押し込まれる。痛さのあまり、ますます激しく泣き叫んだが、ほどなく泣き疲れ、麻酔に落ちた患者のように寝入った。

小児科医により機械的に様々な検査がすすむが、なんら異常を示す問題はみつからない。

その後、消化器の専門医も加わり検査が行われた。

その報告を受けた小児科医は母親のしずえを呼びつけ告げた。

「原因らしき原因がなにもみつからないんです。とりあえず今は、痛みも治まっていますので帰宅していいかと思いますよ」

「そうですか……」

「ところで、幼稚園には楽しく行ってますか？」

担当医の質問に、母親ははっとして答える。

「この子はお友達がうまくできないようで……」

さえぎるように、

「そうでしょう。幼稚園行きたくない、腹痛、う〜ん」

子熊をかばう母熊のようにしずえは右京を体に引き寄せ語る。

「二年前に札幌の実家に帰ったときなんですが、アイヌ語の地名を道路標識でみるたびに、おじいさんの声が聞こえると言って、地名の正しい謂《いわ》れをしゃべりだしたんです。札幌で不思議なことがあって以来、夜やお昼寝の時間になると突然、吠えるように叫ぶんで、幼稚園では、皆、怖がってお友達ができないようなんです。それ以来お腹が痛いということが多くなって……」

「なるほどわかりました。お友達もできずに幼稚園に行くのがいやなんでしょうね。お腹の痛みも『詐病《さびょう》（仮病）』ですよ。子供の腹痛での仮病はよくありますから」

こちらを見ずカルテを淡々と書き込む医師に、母親は語気を強めてつっかかる。

「いいえ、この子本当に痛がってるんです。もう少ししっかり診ていただけませんでしょうか」

周囲の看護師も皆こちらを一斉に注目する。

「う～ん。申し訳ありませんが、すべての検査はしましたので、後は精神科医の検査しかありません。呼びましょうか？　幻聴があるとなると分裂病の診断がつく可能性もありますが」

しずえは顔を紅潮させ、

「結構です。様子をみますので今日はこれで帰ります」

五歳の息子に精神分裂病（現在の病名は統合失調症）の病名をつけられることを避けるためか、そそくさと右京の手を引いて病院を後にした。

「仮病なんかじゃない」

右京は小さな声で呟いた。

「わかってる。かあさんが守ってあげる。あなたは、将来、病気で苦しんでいる人を誰彼なく助ける人になるわ。今は痛みがわかるための修行なの」

言葉の意味はよくわからないが、右京には母親だけは絶対的な自分の理解者であり、無償の愛を降り注いでくれる柱だと感じられた。

母親の出身地である札幌に行ったことがきっかけで、二年前の三歳から右京は不思議な内観を癖とするようになった。

ほぼ毎日、日付が変わる夜間帯とお昼寝中に決まって自己のうちから声が湧いてきてしまう。

「お前は一体どこからきて、どこに行くのだ？」

「お前は一体誰なんだ？」

「一体誰なんだ？」

「なぜ生まれてきた？」

老いた男性の声でひたすら繰り返す。まばゆいばかりの光の玉が目の前に現れる。すごい勢いで近づくとともにどんどん大きくなり、自分にぶつかってきて最後は大爆発を起こす。

「うわー！」

毎回あまりの恐怖感に大声をあげて叫ぶ。そして爆発後に決まって、いつも同じおじいさんが現れる。立派な髭《ひげ》を蓄え、彫りの深い凛々《りり》しい顔立ちながらも人生の達観者のような穏やかな顔をしていた。

「…………」

右京は、その顔に深甚《しんじん》なる優しさを感じ、恐怖感よりも心の安定、癒しを感じた。同時に質問の主がおじいさんだと感じていた。

「ううう……」

叫んだ日の翌朝や昼寝から目覚めると、いつも激しい腹痛で苦しむ。それが月に何度となく起こっていた。

「おい、お前は誰だ」

髭を蓄えたおじいさんの声は、時に起きているときにも聞こえた。

それは三歳の頃、母しずえの里帰りで連れられ札幌に行ったときに初めて起きた。札幌駅に到着し、プラットホームで駅の名前を見た途端に突如、髭のおじいさんの声が聞こえてきた。

「この地の名前はサッポロ、『偉大なる川』という意味。流れる川は、魚や水、生きるために必要なお宝をくまなく人々に運んでくる。自然に抱かれている人がエゴを剥き出しにして、母なる自然から搾取を繰り返すことは、自らを滅ぼすことになる。決して光を求めすぎて、便利を求めてこの川を止めてはならん」

これが始まりで、幾度となくこの幻聴は続いた。声の内容を伝えると、母親は言った。

「右京。きっとあなたは強い使命をもって生まれてきた子に違いない。でもお友達ができなくなるから、このことは皆には言わないようにしようね」

右京はそんなことは誰にでも起こっていると思っていたが、幼稚園に行き、自分だけが特殊なんだと初めて知ることになる。

『自律訓練法、自己内面との対話で人は変われる―守部昭夫著』

浦和駅前の本屋の自己啓発書が置いてある棚の前に似つかわしくない人影があった。九歳になった右京が、右手に何かを握り締めながらじっとその本を見つめていた。

札幌に行って幻聴や夜驚症がでるようになってから、文章を理解する能力が突如異常に高くなった。マンガはもとより教科書も一度読むとほぼ内容が頭に残る。

そんな特技を活かして、小学生低学年の頃から本屋で本を立ち読みすることが多くなっていた。

「僕、すごいね、大人の本も読めちゃうの？」

立ち読みばかりで購入しない少年に、女性店員が訝《いぶか》しげに訊ねた。少年は右手を開き店員に語った。

「よくわかんないけど、わかんなくても、風景を見ているみたいに文字が飛び込んできて、山や海を見るみたいでわくわくするんだ。それとかあさんから言われたんだ」

「なにを？」

女性店員が聞き返した。

「将来、苦しんでいる人、困っている人を助ける人になりなさいって。そのためにも本やマンガをたくさん読んで、知らないことをいっぱい知りなさいって……」

恥ずかしそうに右京が答えた。女性店員は、自律訓練法の本を手にする右京にさらに質問した。

「それで、どうしてその本に興味が湧いたの？」女性店員はニコニコ笑いながら聞いた。

「むかしから、お腹がすごく痛くなったり、色々かあさんを困らせてるから、自分を変えたいんだ」

女性店員は、右京を厳しめの目で見つめて言った。

「お腹が痛いんだったら、お医者さんに行って治してもらったほうがいいわ」

「ううん、お医者さんに行ったけど、仮病っていわれたから、自分で治すしかないんだ！」

右京は、目の前の人が何を考えているか、意図せず感じてしまう。

病院に行ったとき医者は、検査結果に問題が出ないと病気じゃないと判断した。主治医の『忙しいから、早く帰ってほしい』との感情を痛いほど右京は感じた。

この店員も、買わないなら帰りなさいと強く思っているし、回りくどい質問をしてくる。

「大人は、かあさんしか信用できない！」

右京は、本を書棚に戻し、本屋から逃げるように走り出た。

第１章
運命の日

『自律訓練法』との出会いから、右京は内面のコントロールがとれるようになり、心と対話を始めた。

「こうしたら……どうか？」

元々内観を癖としていた右京は、自律訓練法という意識を内面に向かわせる方法をあっという間にマスターした。

十歳にして毎日ヨガの行者のように、自律訓練を繰り返し自分の内面と向き合った。

自律訓練を繰り返し自己の内面のコントロールがつくようになってから、我流の内観をする癖を止めることができ、不思議と腹痛の頻度が減り、じいさんの幻聴もなくなっていった。

日々母親を悩ませていた夜驚も腹痛もなくなった頃、母はようやく安心して仕事をすることができるようになっていた。右京の父親は母が妊娠中に病気で亡くなったと聞かされている。

シングルマザーとして、いかなるときも気丈に立ち振る舞う人生だった。しずえの両親からのささやかな仕送りでは到底二人が生きていくことはできず、息子の状態を気遣いながらも、運送会社の事務の仕事を続けていたのだった。

平成三年九月一日、二人だけの家族の幸せを感じるひととき、と同時に二人の運命を決定づける日がやってきた。

十一歳の誕生日を迎える前日、右京の誕生日プレゼントを母親が買ってくれると言い、住まいの北浦和から新宿に出かけることになった。

右京は、最近は腹痛も全くなくなり、慣れ親しんだじいさんの声も夜の声も聞こえなくなり、無邪気で健康な子供になっていた。

喜び勇んで、新宿に初めて二人で買い物に出かけた。働きづめのしずえにとっても久しぶりの楽しい外出だった。

「かあさんは一生懸命働いてお金貯めたから、明日の誕生日のプレゼントは好きなものを買ってあげるわ」

「わ〜い！　僕はかあさんの言う通り、どんな人も助けることのできるお医者さんになるんだ。だから顕微鏡買ってもいい？」

右京は喜んで、おねだりした。

「どんな人でも助けることのできる、魔法使いのようなお医者さんになってね」

右京の将来を決定づける言葉が、二人にとっての運命の日に発せられた。

新宿駅の山手線のプラットホームで顕微鏡の入った袋を嬉しそうに抱えた右京は、しずえの顔が家を出る前と打って変わって真っ青になっていることに気がついた。

「かあさん、どうしたの。顕微鏡が高かったんで気分悪くなったの？」

不安で尋ねると、

「なに言ってるのよ。かあさんは大丈夫。ちょっと頭が痛くて、気分が悪くなっただけよ。おトイレに行ってくるから、ベンチに座って待っててね。荷物を見ててよ」

そう言うしずえに、

「うん。わかった」

右京は、笑顔でそう言って見送った。

しずえは階段を上り姿が見えなくなったが、1分もしないうちに階段から降りてきた。

「かあさん、もうトイレ行ってきたの？」

しかし、別人のように顔色の戻ったしずえは、右京になんの返事もしない。右京の前で一旦止まり、右京を見つめるが、完全に無表情で再び来た道と逆を向くと、プラットホームを凄い勢いで歩きはじめた。そして反対側にある出口から姿を消した。

「あれ？」

右京は慌ててしずえを追いかけようとするが、顕微鏡が気になり追いかけるのを止めた。

「それにしてもあんな無表情なかあさんは、はじめて見たな」

と独り言を呟いたところで突然、右京は肩を叩かれた。

「ん？」

振り向くと、そこには母親が再び青い顔をして、しかし先ほどとは違って笑顔で立っていた。右京は、飛び上がるほど驚いた。

「かあさん！　驚かせようとして。僕の前を通り過ぎたり、走って回り込んできたり、何ふざけているんだよ！」

右京は怒って母親に大きな声で叫んだ。母親は無理矢理つくった笑顔から苦しそうな顔に変わり呟いた。

「何を寝言のようなこと言ってるの。かあさんはトイレで吐いて、今ゆっくり降りてきたところよ。右京こそ、そんな冗談はつらいときに言わないでね」

つらそうな表情で言った。

「かあさんは、僕の誕生日だからジョークも迫真の演技でしてくれてるんだね。もうびっくりして心臓止まっちゃうよ」

しずえは無視して、目の前にちょうど来た電車に右京の手を引いて乗り込んだ。

右京は、しずえの手を握った途端、あまりにも冷たい手に驚いた。しかし、手をつないでいる喜びと、残暑も手伝い無邪気に心地よく感じた。

日曜日の山手線は平日と打って変わって空いていた。新宿から山手線の青いシートに二人は腰を下ろした。しかし、5分もしないうちに、しずえは、右京にぐったりと頭をもたれさせてきた。

（またドッキリか？　こんなに不思議なドッキリを続けるのははじめてだな。久しぶりのお買い物で、かあさんも興奮しているんだな。でも、くっつけて嬉しい。すべてドッキリなんだ）

と自分を納得させ、右京は重い頭を振りのけることなく、大人しく座っていた。

品川を過ぎる頃、しずえはこれみよがしに、イビキまでかきはじめた。

「かあさん、ふー」

右京は、しずえの耳に息を吹きかけ、くすぐってみる。

「…………」

しかし、反応がない。迫真の演技だ。

東京を過ぎる。

「えっ、降りないの？　青い電車に乗り換えないとぐるぐる回ってまた新宿に戻っちゃうよ」

向かいの車窓に映る自分たちの姿は、まるでくだらないお笑い番組だ。

神田を過ぎる。

右京は、自分の耳をボリボリ音をたてて思い切り掻いた。いつもは、耳から出血してしまうほど掻いてしまうためすぐに止められる。それが原因での中耳炎は何回もやっていた。しかし、今日は何の反応もない。

御徒町を過ぎる。

「へへへ」

小さな口に小指を突っ込み、薬指を鼻の穴に、人差し指を下まぶたにかけて、引っ張る。いつもなら薄目を開けて見ているはずなのに、この日のかあさんは笑ってくれない。

「クスクスクス」

車内の薄ら笑いに気が付いた。

「…………」

かあさんのせいだ。

右京は、恥ずかしさで無言になり、顔を赤らめた。隣の座席が空いたついでに、体をずらした。

「…………」

無言でかあさんは、スローモーションで少しずつ横に倒れていく、そして二人分の座席を占領した。

上野を過ぎた。

「ヤバい……くる」

また幻聴が出てきそうな予感を感じた右京は、その感覚を吹き払うように、

「いつまで、ウソ寝を続けてるんだ」

日暮里でドアが開くと、かあさんを残して飛び降りた。

（…………パタパタパタ）

代わりに季節外れのセミが飛び込んできて、かあさんの周囲を飛び回る。

お腹に差し込むような痛みを感じた。うずくまりそうになりながらも、電車に再びとび乗ろうとするが、

「シュー」

ドアが閉まる。電車は容赦なく、母親を運び去っていく。

「行かないで！　かあさん！」

右京は、荷物を放り投げ、電車を追いかける。

駅員の鳴らす警笛と、顕微鏡の袋がプラットホームに落ち、使う前の宝物のクラッシュする音が同時に響いた。

無機質の化け物と化した電車は、何事もなかったかのように走り出す。

第2章 ER

「救急隊から連絡が入りました」

インターホンから受付の女性職員の声が流れてきた。

一人の男が横になっていた長椅子から立ち上がり、受話器を取った。

「東京明光大学付属病院ERです。ご用件を」

男は気だるそうに答えた。

「新宿東救急隊です。急患の受け入れをお願い致します」

受話器の向こうから緊張した隊員の声がした。

「どのような患者さんですか？」

医師が気だるさを振り払って聞き返した。

「六十歳女性、トラックにはねられ、意識不明です。JCS100、頭部外傷はありませんが、両大腿の骨折を認めます」

「わかりました。搬送して下さい！」

医師は内容を確認し、受け入れを承諾した。

「影浦君。10分程で交通外傷が来る。頼むよ。僕は脳外《のうげ》に連絡しておくよ」

応対した医師は、影浦医師に後を頼んだ。

「わかりました、医局長！」

影浦は、直ちに立ち上がり、側に居た若手の医師、田村を連れて救急玄関に急いだ。

「相変わらず、元気だな……」

医局長と呼ばれた医師、有村次郎は走っていく影浦の後姿を見つめた。

「おっと、ボーッとしていられない。疲れが溜まっているな」

有村は頭を掻きながら脳外医局に電話をかけた。


ここは東京明光大学付属病院ER、都内でも屈指の救命救急センターとして活動している。トップは守山大輔教授、専門は消化器外科であった。各大学との差別化を図るために、大学にERを設立することになった。他の教室は渋ったが、守山が手を挙げたのだった。

彼は移植を研究しており、将来は遺伝子アンチセンス核酸を利用しようと考えていたために、渡りに船と考えたのだった。

遺伝子アンチセンス核酸とは、遺伝子を薬物によって抜き取り、さまざまな難病治療に応用する分子レベルでの最新の医学の流れを汲んだ研究段階にある薬物のことである。

「有村君、君は経験があったよね。ERの医局長を頼むよ」

有村次郎は以前、ニューヨーク州立大学附属病院のERで研修を受けたことがあったので、守山教授の鶴の一声で責任者を任せられ、ERを一からつくり、早十年が経とうとしていた。開設当初は大学側も力を入れてくれていたが、他大学もERを行うようになり、相変わらず忙しいが、経営としては五年前から厳しい状態が続いていた。

現在ERには有村を含め、五年目の医師一人、若手三人の計五人で活動し、慢性的な人手不足の状態だった。労働条件が厳しくなかなか希望する医師がいない。何とか守山教授の口添えで有村が医師をかき集める状況だった。

ピーポーピーポーとサイレンを鳴らして救急車が救急玄関に到着した。後部ドアが開き、救急隊員が患者を乗せたストレッチャーを降ろして医師に病状を説明しだした。

「患者さんは六十歳、女性。道路を横断中に左折してきたトラックにはねられました。両大腿の骨折、明らかな頭部外傷は有りませんが、意識レベルはJCS100です」

「わかりました。身許は？」

精悍な顔つきの医師が尋ねた。

「町沢京子さん。娘さんに連絡がつき、今こちらへ向かっています」

隊員の返答に医師は頷き、テキパキと指示をだした。

「田村先生、ＣＴ撮影の手配をして。石田先生はソリタＴ３でルート確保」

「はい、影浦先生」

石田と呼ばれた若手医師は急いでルートを確保し始めた。その間、影浦は聴診器で肺の音を聞いたり、全身を診察したりしていた。


影浦右京、五年目の医師で、入局してからずっとＥＲに勤務していた。身長１７８センチ、体重75キロ、精悍な顔つきで幼少時の弱さを払拭するために、強くなりたいとの異常なまでの思いがあり、大学時代から空手をしていた。医師になってからもジークンドー、ブラジリアン柔術など様々な格闘技を続けている。体力には圧倒的自信があり、また幼少期の不可思議な内観後に獲得した自律訓練でメンタルは非常にタフで、心身ともに突出した強さを有していた。今では医局長の有村には無くてはならない存在だった。

「よし、診察上は胸腹部に異常は無い。ポータＸ－Ｐ撮影後、脳のＣＴチェックだ」

「影浦先生！　六十五歳男性、前胸部の絞扼感《こうやくかん》（胸が締め付けられる感じ）で10分後に搬送されてきます」

看護師が処置室に告げに来た。

「うん、わかった。石田先生後は頼んだよ」

影浦は石田に後の指示をして、救急玄関に向かった。

「木村春樹さん六十五歳男性、職場で仕事中、1時間前より前胸部の絞扼感が出現し冷汗も出ています。特に既往はありません。血圧110／72、脈拍66不整です」

救急隊員からの報告を聞きながら影浦は胸部の聴診をした。

「キリップII、心電図急いで」

患者を診察台に移すと同時に、田村医師が心電図を付けた。

ピッピッ、ピピ。

「影浦先生、胸部誘導でSTの上昇と、心室期外収縮が出ています」

それを聞いて影浦は、心電図を確認した。V1、2、3のSTの上昇と心室期外収縮を確認した。

「急性心筋梗塞！　ルート確保、採血、カテ室に連絡。循環器のドクターにも連絡！」影浦はテキパキと指示を出した。

「影浦先生！　確か循環器は今日学会があり、人手が足りないはずです」

田村が困った顔をして伝えた。

「誰か残っているだろう？　来るまで我々で処置するんだ」

影浦は平然とした態度で言ってのけた。

「……やっぱり。やりますか……」

田村は、以前にも同じ状況で心臓カテーテル検査・治療をした事を思い出していた。

「俺達はERの医師なんだから、できる事を増やすんだ。まあ、俺と組んだことを悔やむんだね」

影浦は、田村の肩を軽く叩き、カテ室に向った。その後を首を振りながら田村もついていった。


ピッ、ピッ、ピッとモニターの音がする中、カテ台の患者の右ソ径部にシースが挿入された。

「田村、うまくなったな」

影浦が褒めた。

「影浦先生の下にいるおかげですよ」

田村は当然という顔で答えた。

「まだ循環器の先生が捕まらない。田村、冠動脈造影までやっていいよ」

「わかりました。まず右冠動脈から」

そう言うと、田村医師は右冠動脈用のカテーテルをスムーズに進めた。もちろん影浦のガイドワイヤーの先導の下に。右冠動脈にカテーテルが入る。

「木村さん、息を吸って、吐いて、大きく吸って。息を止めて下さい。はい！」

と田村が掛け声を上げた。それに合わせて影浦がフットスイッチを踏み、造影剤を注入した。モニターに右冠動脈が綺麗に造影された。

「田村、所見は？」

影浦の質問に、

「はい。右冠動脈に問題な狭窄《きょうさく》はありません。側副血行路《そくふくけっこうろ》があったようですが……」

と影浦の答えを確認するように話した。

「うん。所見は正しいと思うよ。確認しよう。今のを映して！」

モニターに今映したばかりの映像が流れた。右冠動脈が末梢まで綺麗に映し出された。

「うん。右冠動脈には有意な狭窄は無いな。末消から側副血行路が出ていて左前下行枝が映っている。田村、正解。よし、次急いで左冠動脈を映すぞ！」

影浦のお褒めの言葉で、田村は気分が良くなり、素早くカテーテルを左冠動脈用に代えて、大動脈内を逆行性に進めていった。そして左冠動脈に挿入されたのを確認し、掛け声とともに右冠動脈と同じように、左冠動脈の造影が行われた。

「………」

「影浦先生……」

無言でモニターを見ていた影浦に田村が声をかけた。

「田村、どう思う?」

「はい、左前下行枝の完全閉塞ですね。責任病変はここですね」

「うん。そうだな。血行再建術をしなければならないな?　心電図、どうかな?」

影浦は検査技師が記録している心電図を確認した。

「V1、2、3のSTの上昇はまだあるな。R波上昇は残っている。時間が早かったのと、側副血行路のおかげで、心筋の活動能力は残っているな。よし、血行再建術をやるぞ!」

影浦は決断すると、スタッフに血行再建術の準備を急がせた。

「先生、二人でやるんですか?」

田村が不安そうに尋ねた。

「そうだ。急性心筋梗塞は時間との勝負だ!　後遺症をできるだけ少なくしないとな。さあ、やるぞ!」

影浦は田村を促した。そのとき、

「やあ、遅れてすまないね!」

と一人の医師がカテ室に入ってきた。

「柴田先生!」

田村が、助かったという顔で名を呼んだ。柴田哲夫、循環器内科の講師で心臓カテーテルのエキスパートだった。

「影浦先生、いつもありがとう。先生達のおかげで循内の成績が上がるよ」

柴田が、影浦達の労をねぎらった。

「先生、学会は？」

影浦が尋ねると、

「座長だけだから、代わってもらったよ。下の者は発表があるから、私と先生達で再建手術をやろう！」

柴田は、影浦の能力を高く買っている一人だった。

「宜しくお願いします」

影浦は初めて表情を和ませて頭を軽く下げた。その後は柴田、影浦の二人でＰＴＣＡ（バルーンによる拡張術）、ＳＴＥＮＴ（コイルで血管拡張保持）留置を難なくこなして無事手術は成功し、患者は問題なくＣＣＵ（循環器疾患の集中治療室）に入室した。


「有村君、ＥＲはどうかね？」

守山大輔教授に質問され、有村は答えた。

「はい、慢性的な人員不足ですが、影浦君を中心に頑張っております」

そこは、消化器外科教授室。

「うん。それはわかっている。君達が頑張っているのはね。おかげで私の立場も良く、移植の実施や研究も進められている。感謝しているよ」

　守山は本当に感謝していた。

「ありがとうございます」

　有村は恐縮して答えた。彼は守山を尊敬していた。守山を山師のように言う教授もいるが、医療・医学の進歩のために頑張っているのを有村は知っていた。

「しかし、医療情勢も変わり、大学も国からの補助金が削られて、経営を考えなければならなくなった。理事会もますますそういう状態だ……」

　守山は言葉を切り、眉間にシワを寄せた。

「はあー」

　有村も困惑顔になった。

「事務長の枝根君なんかが、急先鋒で採算の合わないところは縮小か廃止すべきと言っている」

　枝根司は、半年前に理事会の肝入りで厚生労働省から事務長として迎え入れられた男。病院の経営を重視し、採算の合わない部署は整理すべきと考えている。

「事務長ですか……」

　有村は彼が苦手だった。医師も経営という事は理解しているが、目の前の患者を診るとできるだけのことをしたいと考えてしまう。そのために採算を度外視する事がしばしばあった。その度に、枝根とERはしょっちゅう揉めていた。

「有村先生、あの事務長の崩れたバランス感覚を何とかできませんか？」

人の悪口など一切言わない影浦でさえ時に愚痴をこぼしていた。有村は、影浦と枝根の間に入って事後処理をする事が多くなっていた。

「さっき、事務長から呼ばれて、嫌味を言われたよ」

「ええ、教授を呼びつけて……」

有村には信じられなかった。以前に比べれば教授の権限は減ったが、やはり大学の医局、有村の年齢では神様に近い存在だった。

「まあ、何とか言っておいたが。採算の話と影浦君のことを言われたよ」

守山は溜息をついた。守山は影浦の医師としての能力を買っていた。他の医局、特に循環器科の柴田講師のように影浦を認めてサポートしてくれる医師はいたが、目立つために疎ましく思う医師が多かった。特に守山のライバル関係の胸部外科教授、佐久間吾郎がその急先鋒だった。佐久間は事務長の枝根と組んでERを清算し、自分達で新しい部署を作る計画を建てていた。

最近、影浦の失態を見つけようとやっきになっている節が何となく見えていた。

有村がERに戻ったとき、少し甲高い男の声が、ERの医局でこだましていた。

「どうして、このメーカーの物品を使わないのですか！」

「事務長、そのメーカーの物は不備が多すぎるんだ」

枝根事務長に、影浦が少し興奮気味に対応していた。

「どうしたんですか？」

有村が慌てて駆け寄り、事務長と影浦の間に割って入った。

「有村先生、あなたからも影浦先生に言って下さいね。医療もビジネスとして捉えていかなければならない時代だと。どんなに崇高な志があろうとも採算が合わないと、だめだとね。このメーカーの物を使うのは、理事会で決まった事なんですからね」

そう言うと、枝根はＥＲの医局を出ていった。その後ろ姿を見つめて、

「現場をわかっていない！」

影浦が言い放った。

「おいおい、影浦君。落ち着きたまえ。事務長とケンカしても始まらないよ。君の首が心配だ」

有村が宥《なだ》めるように声をかけた。

「このメーカーの物は本当に使いづらいことはすべての医師が感じているところです。緊急を要するときには、命取りになることさえある」

影浦はまだ憤慨していた。

「君の気持ちもわかるが、状況を考えて対応してくれよ」

「Ｋメディカルからリベートでも出ているんですか……」

「影浦君、めったなことを言うんじゃないよ」

影浦の際どい一言に、有村は慌てて遮《さえぎ》った。３ヶ月前の理事会で、薬品・医療機材を手広く製造・販売しているＫメディカルとの取引を優先するように決まった。Ｋメディカルの製品は安かったが、現場では臨床現場での使い勝手が悪く、かつ他社製品と異なる薬物処方のプロトコールであることも不評だった。


「救急搬送をお願いします」

あいも変わらず、ＥＲには救急隊からの要請が入っていた。

「どのような方ですか」

影浦が応対していた。

「六十歳男性、会社役員で取引先との会合中、急に胸が痛くなり、顔面蒼白となり、救急要請。血圧80／50、ＪＣＳ１００、ＳＰＯ$_2$（酸素飽和度）78％。そのため、酸素を使用していますｰ。現在５Ｌ使用でもＳＰＯ$_2$ 88％、血圧88／60、ＪＣＳ１００の状態です」

かなり緊迫した状況だった。

「わかりました。搬送して下さい」

影浦が時間を確認すると23時だった。

10分後、救急車が救急玄関に着いた。

「状況は？」

影浦は救急隊員に尋ねた。

「はい。JCS100、O_2 6LでSPO_2 80％、血圧88／55です」

救急隊員は、緊張した面持ちで答えた。

「うん、状況は更に悪化している……」

患者を診察台に乗せ、モニター、ルート確保を急いだ。

「またこれか！」

影浦はKメディカルのサーフロ（静脈留置針）が出てきたことにむっとしたが、慌てずに血管確保した。

「……呼吸音に左右差は無いが？　心電図も心筋梗塞を疑わせる所見に乏しい……。早くポータ―（輸送体タンパク管）のレントゲン撮影」

影浦の指示に、スタッフはテキパキと対応した。

「影浦先生、写真ができました」

田村がレントゲンをシャーカステンに張った。

「右肺に胸水。血管陰影に乏しい。肺梗塞の可能性が高い。CT撮影。胸部外科に連絡」

影浦は写真を見て、肺梗塞と判断し、指示を出した。

胸部CTにて右肺動脈主幹部に血栓による欠損陰影、末梢の肺動脈がほとんど写らなかった。

「すぐ、処置しないとまずいぞ。胸部外科は？」

影浦の質問に、

「はい。連絡しているのですが。当直が2年目の医者で今、応援を頼んでいるそうです」

田村が汗を拭きながら答えた。

「よし。胸部外科の準備ができるまで、血栓溶解《けっせんようかい》だ」

影浦の指示で、急遽カテーテルによる血栓溶解療法が始まった。右ソ径静脈からカテーテルが挿入され、右心房、右心室を経由して右肺動脈主幹部にカテーテルが到達した。

「造影！」

モニターに映し出された映像を見て、

「右肺動脈がほとんど閉塞している。手術が必要だが、準備ができるまで血栓溶解をするぞ。rtPAの準備。カテから注入するぞ」

影浦の指示に、戸惑う田村。

「悠長に末梢からやっても時間の無駄だ。やるぞ！」

影浦の強い意志に皆呑まれ、指示にしたがった。

「Kメディカル社のはだめだぞ！　YOアクト社のにしてくれ！」

影浦は看護師、四柳に指示した。

右頬全体に汗をかきながら低い声で返事をする。

「はい……」

カテ室担当のナースは返事を濁しながら指示に従った。四柳の右頬には5センチ大の太田《おおた》母斑《ぼはん》があり、一度会ったら忘れることはない顔だ。


そのとき緊急コールが入り、別の患者の搬送依頼が入る。

「田村、先日指導した通りにカテをソ径部から刺入、だめなら私が交代するんでファーストトライは任せるぞ」と発し、影浦は緊急コールの電話に出る。

「了解しました」

勢いよく田村は返事し、急ぎ準備されたカテをソ径部に刺入にかかる。

「おかしい……」

1回目の刺入に失敗した田村。コール対応で影浦は戻ってこない。

「四柳さん、これって影浦先生が指示したやつだよね」

四柳の返事を待たず、

「おっと入った、レントゲン技師さん呼んで」

田村は強引にカテーテルの刺入に成功し、血栓溶解の準備を看護師とともに急いだ。

そこに影浦が戻る。

「カテOKかな？」

「はい」

「いいね、田村」

影浦は再度確認する。

「カテは私の指示どおりの規格だね」

「大丈夫です」と田村は返した。

カテの入っていた包装紙は捨てられていたが、田村の言葉で影浦は安心した。そして影浦は3回rtPAを注入した。

「影浦先生！　血栓、溶解効いてます。すごい勢いで血流が再開しています」

そこに、「胸部外科の準備ができました！」

術場からの連絡を受けた四柳看護師が影浦に告げた。

「うん。後は胸部外科に任せよう……」

影浦は手を下ろした。時刻を確認すると午前1時になろうとしていた。

午前1時10分、影浦は緊急コールで受けた新たな患者の対応をしていた。運ばれてきた四十代女性。

頭痛を感じて運ばれてきた。救急隊員から、

「先週患者さんのお母さんが、突然の脳出血で亡くなられ、自分も同じ病態ではないかと自ら119にかけてきました」

影浦は淡々とバイタルをとるべく心電図、サチュレーション、マンシェットをまく。

矢継ぎ早に画像診断の指示を出し、まるで和太鼓チームのようなテンポのよさで検査が進む。

「ご安心ください。ＣＴでのチェックもしましたが、脳には出血も梗塞もありません。本日はご帰宅で大丈夫です」

と影浦は、四十代女性に告げた。小柄で清楚な雰囲気のある女性、小顔だが、鼻が凛として高く二重瞼。

「どこかで見たことある顔立ちだな」

影浦は呟いた。安心した患者が出たドアの先には中学生くらいの女の子が父親と待っていた。

「ママ〜、よかった。私をおいて死んじゃイヤだよ！」

その言葉を聞き、横にいた看護主任の梅田に、

「少し仮眠します」

と言って、影浦は現場を田村に任せた。

当直室で、影浦はベッドに横たわると、ふと思った。

(今の患者さん、かあさんに似ていたな、子供は、母親が亡くなったときの俺と同い年、いや少し上くらいだったろうか。そういえば母親の死因と同じ脳出血を懸念してたのも不思議だ)

疲れ切った影浦は、自然に目が閉じた。


ＥＲの無機質な映像。処置台に手をついたイメージが広がり、機械的な心電図の音があちこちで鳴っている。

真っ黒な処置台に肉塊が横たわっている。肉塊にはまだいたるところにチューリップのように管がついている。

「ＩＣ―ＰＣ分岐部動脈瘤が破れたクモ膜下出血でしたね。救急隊が池袋で患者さんを収容してから、心肺停止状態は一度も再開してません。当院でも20分ほど蘇生はしましたが残念です」

医師はいなくなり、看護師がチューリップの管を肉塊からするすると勢いよく抜いていく。チューチューとあちこちの管から赤い液が吸い取られる。

紺のユニフォームを着た男性の看護師が、床に投げ出された挿管チューブを指さす。

「残念だけど、この音なんだよ。僕」

とチューブに挿入した吸引機器を見せる。

「おかあさんは残念ながら亡くなってしまったんだよ」

「ご冥福を祈ろうね」

「かあさんは死んでなんかいない。まだ鼻をすすっているよ」

スノーホワイトの布をはぎ取ろうとした途端、しずえの姉ひろ子伯母さんが鋭く叫んだ。

「やめなさい。右京」

理不尽な怒りがこみ上げる。

「みんな、みんな騙されているんだ」

顔を覗き込むと間違いなくかあさんだった。

看護師は次から次へと、かあさんにくっついている器具を手早くはぎ取る。

足先についていた洗濯ばさみ、胸についていた吸盤……。

「かあさんはお前らのおもちゃじゃないぞ！」

小さめの乳首の下に貼られた白いシールをはがし、ひじの内側にテープで止められた針を引っこ抜いた。股間に刺さったチューブがなかなか抜けない。両手で思いっきり引っ張ると、ドーナツ状になった先っぽから飛び散る尿が頬を打った。

「やめて！」

手首に絡んだ伯母を振りほどき、両手でワゴンをひっくり返す。

ガゴーン！

お盆に置かれていた注射筒やアンプルが床に裂ける。右京はかまわず、足元にじゃれつく血圧計を払った。かあさんの足が半分、ストレッチャーからずれ落ちる。

「あんなに優しいかあさんが僕を残していくわけないよ！」

右京は、看護師に後ろから羽交い絞めにされる。しかし、キャスターのついた心拍モニターを蹴り上げた。モニターは壁に向かって移動し、衝撃音とともに倒れた。

「あなたのおかあさんは死んだのよ。戻ってこないのよ」

伯母は叫んだ。

「死んだら、終わりなのよ」

「死んでない、死んでない、かあさんは死なない！　かあさん！」


自分の絶叫する声で、影浦は目を覚ました。

飛び起き、額と脇の汗をタオルで拭く。影浦は呟いた。

「夢か……」

そして、幼少の頃、何度となく聞いたじいさんの幻聴が突然降りかかる。

「お前は一体誰だ？　どこから来てどこに行くんだ」

と同じフレーズが3回聞こえた。

田村と交替で出勤した石田が、影浦の夜驚症のような寝言を聞きつけ飛んできた。

「先生大丈夫ですか？　お疲れが酷いようですね」

心配そうに顔を見た。

「いや、大丈夫だよ」

影浦は、バツが悪そうに言った。

「それにしても先生はマザコンなんですね。寝言でかあさんと言ってましたよ～」

石田の突っ込みに、

「マザコン？　そうか、マザコンかもね」

と耳を掻いた。照れると自然にでる影浦の癖だ。そして照れ隠しに質問をする。

「石田先生、ドッペルゲンガー現象って知ってる？」

「なんすか？　その救急車のサイレンのような現象は」

石田は、急な質問に戸惑った。

「ドップラーじゃないよ。自分の姿を自分で見てしまう現象のことを言うんだけど……。死期が近い方の魂が抜けだすような現象らしいんだけど。そんなことって本当にあると思う？」

さらに影浦は質問した。

「あ～、聞いたことありますね。それって幻覚でしょう？」

石田は、知識を思い出すように答えた。

「そう幻覚なんだよね。でも幻覚とか幻聴って本当に病的現象なんだろうか？」

生命とは、生とは、死とは、人はどこから来て、どこに行くのか？　己は一体なにものなのか。チベットの医者が言う魂とはなにか。そんな解答のでない命題を影浦は昔から考えさせられてきた気がしていた。そして魂と肉体の和合が乖離したときに人に死が訪れるという、チベットの医者が基盤としている生命観を、影浦は幼少時の体験から感じていた。

医者の間では交わされることがないテーマでの問答が始まろうとしたとき、その空気をかき消すようにシャーとカーテンの開く音がした。

ＩＣＵ室と当直用の間のドアは常に解放されていて、当直医を起こすためにノックをする壁はない。医者を起こすときの前触れはなにもなく、シャーという音で仮眠をとる当直医は飛び起きる。

「先生、カンファの時間です」

なんの挨拶もなく、看護師の四柳がカルテボードを持って、影浦に報告をした。患者容態の変化での緊急状態でないと知り、影浦は安堵して立ち上がった。

「昨晩のカルテ全部用意してくれる？」

石田に依頼すると、チームディスカッションのためのカンファレンスルームに向かった。

第３章　謀略

３日後、影浦は消化器外科教授室に居た。

「影浦君、医療事故が起きてしまった」

守山教授に呼び出され、深刻な表情の守山からそう告げられた。

「私に関する事ですか？」

影浦は臆する事無く聞き返した。

「うん。実は、先日の肺梗塞の方が昨日亡くなったんだ」

「何ですって！　手術はうまくいったと聞いていましたが……」

影浦は驚いて聞き返した。

「うん。手術はうまくいって、ＩＣＵに入室して、順調に経過していたそうだ」

守山は淡々と答えた。

「では、なぜ？」

影浦はすかさず、質問した。守山はじっと影浦の目を見た後、間を置いて話を続けた。

「術後出血が止まらず、ＤＩＣを起したんだ」

「ＤＩＣ？」

影浦は黙って考え込んだ。ＤＩＣとは出血を押さえる機能、凝固能というが、それが働き過ぎて、逆に出血が止まらなくなってしまう状態の事で、死亡する危険が高い。

「そう、ＤＩＣ病理解剖では手術部位の縫合不全などは無く、他に出血原因は無かった。血液データ上間違いないそうだ。脳の解剖ができなかったが、ＣＴで脳出血が確認され、ＤＩＣによる脳出血、脳ヘルニアの陥入による突然死が死因と診断された」

「………」

守山の話を影浦は静かに聞いていた。

「遺族にはうまく説明されたが、胸部外科から君がｒｔＰＡを使ったときの薬物量に問題があるとの告発が倫理委員会に提出された」

「エッ！」

影浦は、ＤＩＣの原因にｒｔＰＡの事を考えていたが、使用した量やＹＯテック社使用時の容量は規定通りだった。

「教授。なにが問題なんですか⁉」

「君が治療のために使用したＫメディカル社のカテーテルだが、取り決めの血栓溶解薬物量が規定量に対して2倍を超えて投与されていた」

守山の話に、影浦は驚いた。

「私が使用したのは、YOテック社カテですが……」

影浦の反論に、

「いや。記録ではKメディカル社になっている」

守山は、倫理委員会からの書類を確かめた。

「間違いない、Kメディカル社だ」

「そんな……」

影浦は絶句した。その態度を見て、守山は頷いた。

「影浦君の事だから、Kメディカル社は使わないと思っていたが、なぜ？　一緒にカテに入った、石田君に確認したんだが、彼は『操作に集中していてはっきり覚えていない』と言っていた。田村君は『影浦先生が指示した通りのカテーテルを私が入れましたが、あとの処置、投薬は影浦先生です』と。担当看護師の四柳さんにも聞いたが、『影浦先生の指示にしたがって介助した』と言っていた。スタッフからの証言があるので言い逃れできない」

守山は眉間にシワを寄せて黙り込んだ。

(なぜ、彼女が嘘を……)

影浦は、四柳の顔を思い出していた。四柳恵美子三十歳、若いながらカテ室の主任をしており、信頼できる看護師だった。一度、ＥＲとカテ室の飲み会で同席した事があったが、太田母斑の印象のみで会話は一切していない。

「とにかく、３日後に倫理委員会の査問がある。それまでは大人しくしていてくれ。有村君には伝えておいたよ」


影浦は教授室を出るとすぐにカテ室に向った。

「四柳主任は、今日は休みです」

と教えられてＥＲに戻った。冴えない顔をして机に座っていると、

「影浦先生。大丈夫だよ。教授がうまくやってくれるよ」

有村が心配するなとばかりに背中を叩いた。

「はい。教授や有村先生にまで心配をかけました。しかし、私はＫメディカル社の製品は使っていません」

影浦は右手を握り締めて悔しさを我慢した。それを見て有村は、

「わかっているよ。何か手違いがあったんだ。でも、患者さんが亡くなった事に変わりはないから……。今日は、休んでいいよ」

と優しく言葉をかけた。

「でも、先生。人手が」

有村は悲しげな表情を見せ、無言で影浦を家に帰した。

病院近くの安アパートのベッドの上に影浦は横たわっていた。時計を見ると午前11時。

「こんな時間に家に居るとは……」

影浦はぼんやり呟いた。医師となって5年、ＥＲ一筋で勤務していたためにそのほとんどをＥＲの待機室で過ごしていた。毎日、戦争のような忙しさに自分の時間を持つ余裕が無かったが、それでも彼は不平を一切言わなかった。６畳と４畳、ダイニングキッチンはほとんど使用していない。

「かあさん……」

そう呟き、戸棚を見た。他界したしずえの写真と古ぼけた本が並んでいた。

『自己催眠術入門―催眠で人は変われる―守部昭夫著』

影浦は小さいときに頻繁に起こる腹痛、ガス漏れ、お腹の張りに対して検査結果に異常がないことから、詐病《さびょう》と言われ、医師に不信感を持っていた。

小学生のときに母親がくも膜下出血で突然死し、子供のなかった伯母夫婦に影浦は引き取られた。

幼少のころから、大人の考えている欺瞞《ぎまん》、恨み、妬《ねた》み、というネガティブな感情を読みとることが意図せずにできてしまい、大人社会への不信感、特に医者に対しての欺瞞を感じていた。聴覚と嗅覚が異常に発達し、子供のころは人の体臭でその人の健康状態を見抜くことができた。

暴力的な会話や、ガチャガチャうるさい大人の会話を長く聞くとヘロヘロに疲れてしまう。一日のうち一人で静かにできる時間が絶対に必要だった。

HSP（ハイリー・センシティブ・パーソン）外向型というすみわけに入ろう。

当時もちろんそのような言葉はなく、医師にとっては生化学検査、画像診断で正常なのだが、症状は強く、薬も効かない。厄介な病人に映る。


「誰彼なく人を助けなさい」

亡くなった母の声が聞こえてきた。

「かあさん。俺、頑張っているつもりだけど、未だ救える病気も命も限られている……」

疲れきった体を休めようとベッドに横たわり目を閉じる。すると、モノトーンの世界が広がった。


南浦和の国道17号線沿いにある火葬場の情景が広がる。近代的な建物、喪服姿の人がいなければ、健康ランドや銭湯に間違われてしまう。

「かあさんを燃やす？　なんでそんな残酷なことをするんだ！」

「かあさんは僕のものだ。勝手なことするな！」

告別ホールのローラーにおかれた棺桶にすがりつく右京を、ひろ子伯母さんは下がるように窘《たしな》める。

「僕は、かあさんを守るために生まれてきたんだ。絶対に誰にも渡さないぞ！」

右京は、大声で叫び暴れた。

「かあさんは煙になるの。成仏するためよ」

伯母が右京に理解を促すよう言い渡した。

「いかないで、かあさん、僕をひとりぼっちにしないで！」

桐の木目に偽装された化粧合板の棺桶が暗い焼却炉に消えていく。駆け寄る右京の目の前で、最も無惨な儀式が行われようとしている。

ひろ子はふと思った。妹しずえは強い子だった。幾度の試練にも耐える力をもっていた。きっと右京にもその力があるはず、なにより、彼に母親の死の現実を受け入れさせねば。心を鬼にしよう。ひろ子は職員に耳打ちした。

右京が騒ぎ疲れ一瞬のスキをみせた間に、しずえの棺桶は小さい焼却炉にボブスレーの架台を滑らせるように投げ込まれる。

脱力した右京は火葬場の裏口に連れていかれた。積み上げられた石段に小さい椅子がおかれた。そしてひろ子からその上に立つようにうながされた。

「…………」

「しっかり、中を覗くのよ」

「…………」

黒々と焼け落ちた棺桶からかあさんの足の裏が見えた。

「…………」

よくわからないけど大切なことを見せつけられようとしている。両腕が盛りあがり、指先が前後ろにテンでバラバラに開いていく。そして体はダンスをしたようになみうち、そして崩れて小さくなっていく。

「…………」

熱さと目の前の情景に気が遠くなり、意識が薄れていく。

そのとき久しぶりに懐かしい声が聞こえた。

「おかあさんは今、光の世界に向かっている」

じいさんの声だ。

我に返った右京は、じいさんに呟いた。

「僕もかあさんの行くところに行く。もうここにはいたくないもん」

炎の中で母親は下半身だけ残し上半身は消えている。

「お前はあの足の間から生まれてきた。汚いものでもいやらしいものでもない。あそこがお前の故郷だよ」

右京は、飛びそうな意識から一転、頭が真っ白になり、じいさんの声に聞き入った。

「体は消えて無くなり、魂は次の階段を上る。昼があれば夜がある。夜が過ぎれば朝が訪れる。そして昼を迎える。雲は行き、水は流れる」

「………………」

「お前の母親は、お前を育てる試練を糧に魂を磨き尽くして、光の世界に引っ越しをしている。涙は枯れるまで流すがいい。涙は、お前の壊れそうな心に大いなるエネルギーを運んでくれる。泣き尽くした後は、ひたすら内に籠《こも》れ。万人に輝く内なる神がお前を救うだろう。ひたすら内に籠れ。神は己が内にいる」

引き取られた、ひろ子伯母さんの家は練馬の住宅街にあった。布団でしか寝たことがない右京は、慣れないベッドで三日三晩ひたすら泣き続けた。泣いて泣いて泣き疲れると、自動的に内に籠るようになっていた。壊れそうな心をつなぐべく、自らの腹痛を治してくれた自律訓練での内観法を繰り返した。そして三日目の夜、意識の奥底から女性の小さな声が微かに聞こえてきた。

「右京……」

「かあさんだ。かあさんどこなの。ごめんね、ごめんね。僕がかあさんのこと見捨てなければ……。かあさんはあんなことには、なっていなかったんだ……」

徐々に声が大きくなり、はっきりと聞こえた。

「違うの。かあさんはもう電車に乗る前から、今世のお仕事を終えていたのよ。電車に乗る前に体から浮いて、戻ることができなかったの。すでに次の階段を昇るように、決められていたの。だからあなたのせいじゃない。天寿なの」

かあさんの顔が目の前にありありと浮かびあがる。

「右京、あなたは私の力そのもの。勇気とエネルギーを与え続けてくれたわ。多くの人々に支えられて、私はこの世に生まれ幸せだった。そして次の旅に出ていくの。あなたは今、ここにいる。ひとりぼっちじゃない。かあさんはあちらからしっかりみているわ」

「……」

右京は、無言で聞いていた。

「大丈夫。あなたは強い子。そして目の前の苦しんでいる人を誰彼なく助ける存在になる。強く、強く、強く生きるのよ。自分のなかに柱をたてるの。あなたの目の前には顔を出すことはもうできないけど……強くね。そして優しくね」

HSP系で感度が高い人にとって刺激的な映像は、一生のトラウマになることが多々あるため、今ではこのような火葬場での見送りはなくなっている。しかも唯一の味方であった母親の死という現実は、右京のメンタルをますます内側へと受けて心の崩壊をぎりぎりで防いでいた。

「わかったよ、かあさん。だから消えないで、ずっといてね」

しかし、目の前の母親はゆっくりと首を横に振った。そしてその優しい顔は、どんどん薄れてフェードアウトし、消えた。

「かあさんー！」

絶叫した自分の声で影浦は目を覚ました。

第4章 流転

「また世話になるか……」

影浦はそう言うと、本棚から『自律訓練法』を取り出して読み始めた。影浦は、何かに悩むとこの本を読み、初心を忘れないようにしていた。また、自分の心のモヤモヤをリセットできる気がした。

「このままでは終われない。真相を究明しなくては」

影浦はそう呟くと、アパートを出ていった。


病院のすぐ近くのマンションに四柳恵美子は住んでいた。

「あー、うー」

今日は病気の母親が久しぶりに帰ってきていた。膠原病《こうげんびょう》を患っていた彼女の母は5年前に脳梗塞《こうそく》になり、右半身麻痺と運動失語、最近は認知症のために介護量が増えていた。長期入所の施設に申し込んでいるが、なかなか順番が回ってこなくて、短期入所と在宅サービスを利用していた。医療費もかかり、彼女一人で面倒を見るのは大変だった。しかし、父親を早くに亡くし、女手一つで育ててくれた母親だった。

「私の人生……」

母親には感謝していたが、最近は介護疲れで神経が参っていた。

「四柳さん。Ｋメディカル社の物を積極的に使うようにね。お母さんの事も融通をつけるよ」

枝根事務長から指示を受けたのは２ヶ月前からだった。指示に従ったおかげで彼女の母親は明日、特別養護老人ホームに入所できる事になった。今日が最後の二人きりの時間となるはずであった。

「どうして……」

彼女は、迷っていた。影浦はＹＯテック社と言ったが、彼女が枝根の指示通りにＫメディカル社カテをどさくさに紛れてだしていた。

影浦はそれを知らず、戻ってきた際にＹＯテック基準のｒｔＰＡ薬液を使用した。

「良いかい、我々の言う通りにするんだよ」

二日前に枝根事務長に呼ばれ、影浦がＫメディカル社の物を指示した事にするよう言われた。四柳は母親の事があるので断りきれなかった。

そして何より、幼少期からシングルマザーのもと貧乏暮らしの四柳は、医者に対して逆恨みの感情が強かった。医者に対してうらやましさの反動で貶《おとし》めたいとの思いが湧き出してしまう。


ピンポーン！　ベルが鳴った。

「どなたですか？」

四柳が訊ねると、

「影浦です」

それは予期せぬ影浦の訪問だった。彼女は黙って、ドアを開けた。

「…………」

お茶を出し、無言で座っている四柳に影浦は質問した。

「ずばり本題から入るんだけど、私はＹＯテック社と言ったはずなんだが」

四柳はビクッと体を震わせたが、その後は黙ったままでいた。

「……」

奥から四柳の母親のうなる声がした。彼女は立ち上がり、

「すみません。母親の世話をしなければならないので……」

消え入りそうな声を出し、彼女は奥へ行った。

影浦が立ち上がろうとしたとき、テーブルの上にある、特別養護老人ホームの入居案内が目に付いた。

「…………」

影浦は無言で立ち上がり、部屋を後にした。四柳の悲しげな目と太田母斑に深い因縁を感じ取った。

3日後、影浦は倫理委員会の査問を受けていた。彼は経緯と指示に付いて説明した。

「私はYOテック社の物と思い使用しました。Kメディカル社の物と使用量が異なり、それによる副作用の発症率が上がったのかも知れません。確認しなかった私にも責任はあると思います」

「影浦先生。今回の件は重大な事だが、今までの先生の頑張りに免じてしばらくERから離れていただくだけで処分はしません。Kメディカル社のカテで影浦先生が投与した薬液量が致死的問題を起こすことは医学的には事故にもなっていないし、ご家族から現時点では訴えられてはいない。しかし、院内で決めている使用基準を超えていたことは事実。死亡との因果関係は不明として手打ちにする」

倫理委員代表から言い渡されたとき、

「はい……」

と言い影浦は頭を下げた。その後守山教授から、

「僻地医療《へきちいりょう》の要請があってね。君に行ってもらいたいんだ」

と告げられた。影浦は静かに頷いた。

「しばらくの辛抱だよ。きっと新しい発見がある。戻ってきたら、研究を手伝ってもらうよ」

第5章 僻地医療

影浦が赴任したのは、隠岐《おき》諸島の主な４つの島の中で一番小さい知夫里島《ちぶりじま》だった。契約期間は2年間だった。

港に着いた影浦は、暗澹《あんたん》たる気持ちが爽快なものに変わるのを感じた。

「何年振りだろう。これ程の青空と紺碧《こんぺき》の海を見たのは……」

影浦は朝早くから夜遅くまで働き通しだった数年を振り返っていた。それはそれで、医師としては充実した時間を過ごしていたが、人としてはどうだったか？

「影浦先生、少しリフレッシュしてくるのもいいよ！」

有村医師の言葉が思い出された。

「医師として新しい発見をして帰ろう！」

影浦は新たな決意を抱き、島の診療所からの迎えを待っていた。港のベンチに座り、何気なく港を見回していると、一隻の小型ボートから降りてくる一人の男に目が止まった。男は五十歳を過ぎたくらいで、背は170センチ程度だが、がっしりとしていた。影浦が驚いたのは、男が100キロ以上はありそうな碇《いかり》を軽々と持ち上げていた事だった。

「田舎には力持ちがいるんだな」

影浦は感心して見ていた。そこへ、プップーとクラクションを鳴らして軽トラックが目の前に停まった。

「東京からお出でになった、影浦先生ですか？」

ドアが開き、中年の小男が降りてきて尋ねた。

「はい。東京明光大学から来た、影浦右京です」

影浦は立ち上がって答えた。

「遅れてすみません。役場の大西健次と言います。診療所の事務もしております」

男は名乗った。そして影浦の荷物を荷台に載せ、影浦が乗り込むのを待った。

「影浦先生。荷物は届いています。これから、村長に会ってもらいます。その後に診療所へ行きましょう。少し高台に診療所がありますが、眺めは素晴らしくいいですよ」

大西はよく喋《しゃべ》る男だった。自分の家族の事、村人の事など。

「大西さん、知夫里島ではどんな魚が捕れますか？」

「知夫里島はアオリイカ、シイラ、ウニもよく捕れます。伝統のカナギ漁で捕る、アワビやサザエも美味しいですよ」

「漁師は皆さん怪力なんですか？」

「怪力？」

「ええ、先程港で大きな碇を持ち上げていた人がいて、ビックリしていたんです」

「……。ああ、みのやんだわ。あの男は達川実という。知夫里島の横綱を張っておる。若いときから化け物のような怪力でいまだに彼に相撲で勝つもんはおらん。ただ、偏屈であまり人と接する事を好みません。しかも大酒飲みで……暴れたら誰も止められん」

大西は人付き合いの悪さを例に出して話した。

そうこうしているうちに村役場に着き、気さくそうな村長の出迎えを受ける。

村長の田中太郎から任命状を受け取り、

「先生。細かい事は、大西に聞いて下さい。申し訳ないですが、明日から早速お願いします。診療所を見て下さい。それと今夜は歓迎会がありますんで是非参加してください」

と簡単な話の後、影浦は診療所に向かった。役場から5分程車で丘に上がったところに、その診療所は建っていた。木造平屋で、五人程でいっぱいになりそうな待合室と古ぼけた机が1つ、診察台も1つ、処置道具で狭くなっている診察室があった。扉を挟んでベッドが2つ並んだ部屋が1部屋、廊下をはさんで手術室らしいものが1部屋あった。奥に2部屋、簡単な台所が付いた居住スペースがあり、裏玄関が付いていていた。

「一人で暮らすには充分だが、診療スペースは整理しないと使えないな。村長に多少予算をつけてもらわないといけないな」

と、影浦の独り言。

影浦は、今までの先端医療とのギャップを痛く感じたが、自分にできる事をしようと腹を据えた。

「先生、よく来てくれたけん。これで島民は安心や。できるだけの事はすんでな。まあ飲んで下さい」

夜の歓迎会で田中村長は満面の笑みを浮かべて、影浦に酒を注ぎながら約束した。

「美味い」

影浦は美味しい海の幸に舌鼓を打ち、美味しい地酒に思わず杯が進んでいた。

「田舎なもんだから、こういうものしかなくて。娯楽も少ないわな」

と大西がすり寄ってくる。

「相撲が唯一の娯楽やで、隠岐諸島の四島あげての大規模な相撲大会があり、『相撲の強い男』が島で最も尊敬されちょる。先生が昼間会った、あの達川実は30数年前の高校総体で大相撲元横綱輪島関となった男と互角の戦いをして、今も現役で大会ではいつも優勝しおるがい。偏屈で一匹狼やけんね」

「うーん」

酔いが回る中、影浦は相撲の話に強烈に興味が湧いた。元々学生時代は空手、ブラジリアン柔術、ジークンドーなどを勉強の隙をぬっては稽古し続けていた。史上最強の格闘技は当時相撲と言われていたが、小さい時から都会育ちの影浦は相撲はやったことがない。

「わたしも参加してみたいな……」

影浦の呟きに、周りの男達が、

「東京もんの医者が、相撲する言うちょるぞ、ガイな医者が来たもんやわ！」

島民たちは、相撲どころか島民とのコミュニケーションを避ける医者が多い中、相撲に興味を示すバンカラ医師の登場に沸いた。

影浦は幼少からの弱さを克服したいという思いから格闘技には異常なほどの執着心を持っている。

「そう、東京もんを馬鹿にしないで下さいね。皆さんより忙しい生活をしてきたんで、ツッパリの回転は皆さんより早いかもしれませんよ！」

と、おどけて切り返した。島民一同、大爆笑した。

「ガイに面白い医者が来たもんだ！　早速、みのやんに弟子入りさせんにゃ」

影浦はこの島の方々には何だか、懐かしさを感じた。きっと皆と仲良くなれる、そして島の生活で何かでかいものをつかみ取る、そんな予感が走った。

「きっと新しい出会いと発見がある」

という守山教授の言葉を思い出した。

「それが相撲？」

影浦は酔いに任せて島民と談笑を続けた。

影浦は2、3日もすると生活に慣れ、往診もこなすようになった。

「今度来た医者は、若いがしっかり診てくれる」

彼の診療に対して島民は信頼を寄せてくれた。

「わたしにできる事を日々精いっぱいしよう」

影浦は気負わず、今できる事をやろうと、一人ひとりに集中する。相撲でいう一日一番の思い。

「戻ったら研究を手伝ってもらうよ」

幸いにも、診療所には時間の余裕とインターネットがあり、困った時には大学と連絡が取れたし、論文も読めた。急患には歯が痛いという方もいた。歯科医療はやったことはないが、歯科医師がいないなら、と友人の歯科医師に連絡を取りながら抜歯をこなすこともあった。一週間が過ぎたころ、ある男が診療所にやってきた。

「おお〜、島の横綱達川さん！　こちらから挨拶に伺おうと思っていたところ、お目にかかれて光栄です」

「いや、役場から特定健診とかいうもんが来たが」

影浦が赴任したので役場では島民の健康管理をしようと、今までうやむやになっていた特定健診を始めたのだった。

「それじゃあ、診察した後で採血します」

影浦がそう言うと達川は上着を脱いだ。長年の漁のためか傷だらけだったが、見事な筋肉だ。影浦はしばし見惚れた。

「うーん。見事だ」

横から島の看護師、表川沙里が声をかける。

「影浦せんしぇ、あんた男色じゃなかけんね」

「いえ、その気《け》は全くないですが、この身体、すごいじゃないですか！」

影浦は翌日、達川の家を訪れて相撲の弟子入りをお願いした。

「影浦さん大丈夫かいね。身体ぶち壊れるかもしれんど……」

影浦の達川の弟子入りを聞いて皆、驚嘆して呟いた。

「1週間はもつまい」

宴席の戯言ではなく、本気で弟子入りした影浦はさらに注目の的となった。

知夫里島に本格的な力士が少ないのは、達川の厳しい稽古と偏屈ぶりのせいと影浦は知ったが後の祭り。

達川の稽古は噂以上に厳しかった。影浦は体力には自信があったが、最初の頃はぶつかり稽古だけでヘロヘロ、稽古についていくだけで精いっぱい。達川は本気で相撲を愛し、相撲をライフワークにしていたこともあり、誰に対しても一切手を抜くことはない。

影浦も生来の格闘技好き、かついったん始めたことを途中でやめられない性格。開始して1ヶ月で肋軟骨《ろくなんこつ》には疲労骨折を起こしたが、痛みに耐えながら仕事と稽古を続けた。島民からは、「今、島で一番治療が必要なんは影浦せんしぇじゃ、それにしてもよう粘ってしょる」とあちこちから評されるようになる。診療の腕よりも相撲で名声が高まるというかつてない名物医者になっていく。

影浦は周囲の評価など我関せず、日々診療をこなし、時間があれば稽古に通った。

3ヶ月ほど経つとどうにか形ができ、達川のぶちかましにも耐えられるようになった。

「お前は変わった医者だな」

達川も心を開いてくれるようになり、夜にはほぼ毎晩、『隠岐の誉』を酌み交わすようになった。

達川は酒が進むと、その分厚い掌で影浦の背中を思いっきり叩いては、言った。

「誰に何を言われようと、自分に柱を持って我が道をひた走っとりゃあ、老いる事なんぞないぞ」

いつしか影浦は、相撲の技術だけでなく、師匠の気骨を学ぶ修行と感じるようになっていた。

知夫里島は高齢化率が40％を超えていたが、あちこち病気を抱えた老人ばかりの寂しい村というイメージが普通浮かぶ。しかし、ここのじいさん婆さんは恐ろしく元気だった。

「どうして、元気なのか？」

きれいな空気、ストレスの無い環境。良い水、その土地で採れた旬の素材を余すところなく頂くという食生活。都会とは真逆の生活、自然との関わりが最大の要因か。

「今まで、西洋医学一辺倒だったが……。これからの医療に役に立つものがありそうだ」

『統合医療』

最近、この言葉が聞かれ始めていた。西洋医療とそれ以外の補完代替医療を合わせた医療だった。補完代替医療には漢方やアーユルヴェーダなどの伝統医療が含まれていた。

「うん。まだはっきりしないが……」

影浦は自分の医療に関する考えが変わりつつある事をまだ漠然としか感じていなかった。

「右京、今度の相撲大会に出てみるか？」

達川の言葉に、

「はい。出たいです！」

と影浦は即座に答えた。影浦が知夫里島に赴任して早や一年半が過ぎようとしていた。

隠岐古典相撲への出場が決まり稽古量は一気に増えていく。

「よし！　手加減しないぞ！」

達川の稽古は厳しさを増した。肋骨の疲労骨折はすでに5回、めげずに影浦は稽古を続けた。

大会の1ヶ月前、ぶつかり稽古をちょうど百番こなした後、

「うう……」

眩暈《めまい》を覚え、意識を失った。脱水からの意識消失だった。

「右京！」

反応は全くない。

達川は影浦を担ぎ、裏山に登った。そこは島ではそこにしかない植物の群生地だった。

そして右京を地面に寝かせ、おもむろにえびぞりにした。

「いてて」

右京は意識を戻した。

「右京。これを食え！」

達川はその植物を採り、影浦の口に入れて、かじるように指示した。そしてさらに、何処からか甕《かめ》を持ってきて、柄杓《ひしゃく》ですくい、影浦に飲ませた。

「ほー……」

影浦は一息つき、みるみる体力が回復するのを感じていた。そして口まわりにへばりつくね

ばねばの植物を指でぬぐい匂いを嗅ぐ。

「くさっ！」

顔色の良くなった影浦は、

「達川さん、なんというむちゃな蘇生《そせい》ですか、痛いじゃないですか。しかもわけのわからん、くっさい草を食べさせるなんて」

「ごら、命の恩人になに言うちょる。目を覚ましがいな（大木に）減らず口を叩けるまであっという間になっとるが」

その植物について達川に尋ねた。

「これは、ギョウジャニンニク。アイヌ語でキトという植物だわい」

達川から意外な言葉が出た。

「ギョウジャニンニク？　アイヌ？　キト？」

影浦は困惑した。

「うむ。あまり人には話した事が無いのだが……」

達川は、回復した影浦を家に入れて「隠岐の誉」を飲ませながら、話し始めた。

「この植物の本当の栽培方法、正しい扱いは、アイヌ人、特にシャーマンにしかわらないと聴いちょる。この島に植物が渡ってきて、群生したんはわしのとこだけだけん。他の家のもんがこれを抜いて自分の畑で栽培しても一向に育たんだわい。わしんとこだけなんで群生するかは、いまだ謎だわい。しかし、この薬を使うと右京がそうだったように皆、蘇《よみがえ》るんじゃや。禿《はげ》も生えるし、ばあさんのしわも簡単にとれよる。わしのひいじいさんの話だが、イノシシに食われてもげた指がこの薬できれいに生えて戻った！　と言われちょるけん。ほりゃ、ガイにすごいもんだわい」

それにしても意識回復ですぐに日本酒か——たしかにこの植物、なんだかわからないがすさまじいパワーを持っている。

第6章
アイヌ・シャクシャインの戦い

縄文人の末裔《まつえい》と言われているアイヌ人は、蝦夷《えぞ》（北海道）を中心に自然と仲良く暮らしていた。文字の無い文化のアイヌ人は、歌と踊りで神の英知を伝えていた。平和に暮らしていたアイヌ人達の生活は江戸時代に入ってから変わっていく事になった。

以前から和人（日本人）とは交易していたが、松前藩ができてから状況が変わってきた。江戸時代は米が経済の中心であったが、米の穫れない松前藩はアイヌ人との交易で藩財政を賄《まかな》わなければならなかった。そのためにアイヌ人達が他藩と自由に交易する事を禁止する、商場知行制を敷いた。アイヌ人達は抵抗したが、武力の差が圧倒的なために従わざるを得なかった。

1667年、白老《しらおい》の商場。その隣に土俵がつくられていた。これといった娯楽が無いために、時々田舎相撲が催されていた。それを取り仕切っているのが、「金掘共《かなほりども》」と呼ばれる和人達であった。今日は、年に一度の特別な日だった。江戸から金剛と武蔵と呼ばれる関取がやってきて、三番勝負をする事になっていた。

もちろん、金銭などが賭けられていた。その後に一般参加の相撲大会が催される事になっていた。

「文四郎！」

と頭巾を被った身分の高そうな武士が名を呼んだ。

「はい。お奉行様」

と愛想笑いをしながら中年のがっしりとした男が返事をした。文四郎は金掘共の元締めをしていた。奉行と呼ばれたのは松前藩の「金山奉行」で金掘共を使っていた村木又衛門であった。

「どちらが勝つと思う？」

その問いに対して、

「御意のままに」

と、文四郎が揉み手をしながら答えた。村木は頷き、

「そうか……。任せた」

勝負は三番勝負で、2勝した方の勝ちとなる。皆が勝つと思われる方に賭け終わったとき、文四郎の手下がやってきて、彼に何やら報告した。文四郎は、村木に耳打ちした。

「うん。そうか」

村木は頷き、懐から金子を出し、

「金剛に」

と、文四郎に告げた。

「ひがーしー、武蔵。にーしー、金剛」

呼び出しの声に答えて、東から武蔵、西から金剛が土俵に上がり四股を踏んだ。番付では武蔵が上で、武蔵に賭けるものがほとんどだった。

「はっけよい。のこった！」

行司の軍配が返り、両者は立ち上がり凄まじい勢いでぶつかった。武蔵が右上手をひき、左手で金剛の右腕を絞りながら前に出た。金剛は堪らず、土俵際まで押し込まれた。その瞬間、金剛がしゃがみ込み、左腕を武蔵の右膝に差し入れた。

「うわー」

歓声が上がり、

「金剛ー！」

行司の軍配が西の金剛に上がった。金剛の捨て身の「内無双《うちむそう》」が決まった。

「はっけよい。のこった！」

２番勝負の軍配が返った。武蔵は、今度は右上手を取り、しっかりと左腕で前褌《まえみつ》も取り、万全の体勢を取ってから前に出た。

「武蔵ー！」

行司の軍配は東の武蔵に上がった。今度は実力通りに、武蔵が寄り切った。

「よし。次で決まりだ。頼むぞ武蔵！」

圧倒的な実力の差を見て、彼に賭けた大半の者はホッとした。彼らは勝負に今回の収入の八割を賭けていた。娯楽とはいえ、強制的に金掘共に賭けさせられていたのだった。負けると米などを買うことができなかった。

「はっけよい。のこった！」

運命の3番目の軍配が上がった。今度は金剛もしっかりと両まわしを取る事ができた。しかし、実力では上の武蔵に攻め込まれ土俵際に何度も押し込まれた。意外な金剛の頑張りにより大一番となった。2分経過した頃、武蔵の息が上がった。それを見逃さず、金剛は左下手投げを打った。武蔵が踏ん張り体勢を立て直した瞬間、ドターンと大音響とともに、武蔵が土俵の上に仰向けに倒れていた。

「うわー！」

大歓声に行司の勝ち名乗りが掻き消されたが、軍配は西の金剛に上がっていた。金剛の捨て身の「呼び戻し」、別名「仏壇返《ぶつだんがえ》し」が決まった。

「うむ。見事！」

村木は上手い決着に満足した。賭け金の半分は村木の懐に転がり込んできた。もう半分は、がっしりとしたアイヌ人の男が受け取った。

続いて、一般の相撲が始まった。八人が参加してトーナメントで優勝者を決める事になっていた。その中に先程のアイヌ人がいた。勝負が始まりアイヌ人はすべて相手の攻撃をまずは真正面で受け止め、相手の力を利用して空中に投げ飛ばす、圧倒的な強さで決勝まで勝ち上がった。いわゆる「後の先」である。もう一つのブロックは体のひときわ大きな若い侍が勝ち上がっていた。

「あの者は……確か……」

村木が見覚えのある顔を見て驚いた。

「はい。あの方は、今度赴任された商場の副責任者の達川信之助様です」

文四郎がすかさず答えた。

「なぜ、奴が？」

村木の訝しげな顔を見て、

「はい。大変相撲が好きだそうです。土地の者と仲良くしたいので、是非参加させてくれと頼まれましたものですから」

文四郎が頭を掻きながら答えた。

「何？　土地の者と仲良くしたいだと」

頭巾に被われた村木の目が黒光りした。

「大丈夫です。抜かりはございません」

文四郎は声を落として答えた。


東から達川、西からアイヌ人が土俵に上がった。

達川は素早く立ち上がった。アイヌ人は仕切り線で待っている。ガツンと体と体がぶつかる音が聞こえた。体格でやや勝る達川が、押し込むかと思われたが、アイヌ人はうまく右で前褌をひき、左で達川の右脇をおっつけて、彼の突進を受け止めた。そしてすかさず投げをくりだす。達川は素早くまわしを離し、投げを凌ぐ。すかさず突っ張りにでるが、アイヌ人はうまく回りこんで対処した。

「はっけよい。のこった！」

「おおー。凄い！」

思わぬ大一番に観衆は声を上げた。アイヌ人の受けて立ついわゆる「後の先」と達川の相手より先に仕掛ける「先の先」の駆け引き、巧みな技にいつしか皆は黙って見ていた。

「それまで！」

行司の掛け声に両者はその場にへたり込んだ。行司が止めたのは、何と30分以上攻防が続き、これ以上続けても勝負がつかないと判断したからだった。勝負は引き分け。

会場は、ぱちぱちと割れるような拍手と歓声に包まれた。

「私は達川信之助。あなたは？」

達川は起き上がり、名乗りながらアイヌ人に手を差し出した。その目には敬意が溢れていた。

「ワシは、シャクシャイン」

アイヌ人も敬意を込めて達川の手を掴んだ。


「いやー。あなた方は実に強い。もう少し時間があったら負けていたでしょう」

商場の近くの酒場で達川は体同様、声が大きい。にこやかにシャクシャインと飲んでいた。

「あんたこそとても強い。わたしたちアイヌ人は、縄文精神を守り続けている。戦い争いは避ける。少なくとも決して自ら攻撃をしない。相手から攻撃されれば、わが身、家族を守るために、受け止め、そして攻めるという攻撃心が自らに倍になって戻されるよう「後の先」と念を入れるのみ。相撲はひたすら相手の力を破壊しようとする相手の思いを使ってとります。だからあなたのように無為な攻撃心、人を破壊する意思がない方と相撲を取ったときには、倒すことはできない」

シャクシャインは杯を空けながら、続けた。

「あなたは武士道精神を生き抜いている。相撲をとれば相手がすべてわかる」

「はは〜、私は相撲が好きで、それが高じて江戸に武者修行に出た事があるのですよ。いまだかつて負けたことがないが、相撲は道だと思っています。あなたの言う『後の先』は横綱相撲ですよ。我々勢いで相撲を取るものは、相手より先んじて攻めないと勝てない。先の先です」

酔いと良い勝負をした後だったので、達川は饒舌になっていた。

「私の攻めを受けて弾き飛ばせなかった方は、まずいない。しかも相手を待ってどっしり受け止める後の先、横綱相撲を初めて見ました」

シャクシャインも話し返す。

「わしも相手の攻撃を受け止めて、後の先の意念が通じなかったのは初めてだ」

シャクシャインは自分の見解は絶対に正しいと言わんばかりに、頷きながら話す。彼は、シブチャリの酋長の息子で、和人が嫌いだった。和人達のせいで彼らの生活は変化し、苦しいものになりつつあった。しかし、アイヌから和人に攻撃をすることは古《いにしえ》の教えから一切考えていない。

それにしても、この達川という若者は、嫌いな和人とは全く別の空気を醸し出す。目を見ているだけで同志のように気持ちが通じ合う感覚を覚える。達川は、今度この商場に赴任してきた副責任者と身分を明かした。

「土地の人達と仲良くなりたい」

と言う、彼の言葉に偽りは無いとシャクシャインは感じていた。

達川は赴任早々、責任者の小森又二郎の許可を得て、周りの土地や集落を探索した。その探索にはシャクシャインが、特にアイヌ人の聖地を訪れるときには必ず同行した。あの日以来二人は親友になっていた。達川は兄弟のようにシャクシャインを慕っていた。

「シャクシャイン殿」

「おい！　お前は変わっているな。アイヌ人の俺をそんなに敬う和人は初めてだ！」

シャクシャインは照れながら対応していた。

「アイヌ人も和人も関係ない。同じ人間だ。尊敬できる人にはそれ相応の対応をするのは当たり前だ」

達川は真面目な人間だった。シャクシャインも彼には心を開いて付き合っていた。


「真面目過ぎるのも、困ったものだ」

「左様ですね」

文四郎の屋敷で会合が持たれていた。上座に金山奉行の村木又衛門、次席に白老商場責任者の小森又次郎が座って酒を飲んでいた。

「達川は若くて真面目で困ります」

小森は溜息をつきながら話した。

「小森殿、大丈夫でしょうな？」

村木の問いに、

「大丈夫です。ばれてはおりません」

小森は、ポンと胸を一つ叩いて答えた。

「私どもも抜かりはありません」

文四郎も問いかけの前に答えた。薄笑いを浮かべながら、

「そうか。奴から洩れては困るからな」

実は達川は、松前藩の次席家老から指し向けられた隠密ではないかとの噂が彼らに届いていた。

「筆頭家老、柿崎蔵人様からの連絡だから間違いないであろう」

村木は苦虫を噛み潰した顔でいた。今、松前藩は筆頭家老の柿崎が、村木らと組んで営利を貪っていた。次席家老山田市太が彼の失脚を狙って、色々と探りを入れていた。権力闘争と私腹を肥やす輩の醜い争いに達川は巻き込まれていたのだった。

「大丈夫だと思いますが」

村木が反応した。一呼吸置いて、

「実は、相撲大会の後に達川が相手のアイヌ人と仲良くなっているのです」

文四郎が答えた。

「何？　アイヌ人と！」

「左様で」

「それは拙《まず》いのでは？」

小森が心配顔で訊ねた。小森に向き直り、

「シャクシャインという男です。シブチャリの酋長の息子です」

と、文四郎は答えた。

「うむ。酋長の息子か……」

思案顔に目を瞑って村木が呟いた。

それを黙って小森と文四郎が見つめた。

「女を使って、罠にかけて処分しろ」

村木の指示に、

「はっ！」

「へい！」

と二人は返事をした。


その頃、何も知らずに達川信之助は、シャクシャインの村を訪れていた。

「いい所ですね」

達川はシャクシャインの後から付いていき、周囲を見回して感嘆の声を上げていた。

「相変わらずだね、信さんは」

シャクシャインは親しみを込めて、「信さん」と呼んでいた。

「この豊かな自然が守られていきますように」

達川は心の中で祈りを上げていた。彼は雑多な江戸の生活には慣れず、今は亡き父親の希望に添って松前に帰ってきたのだった。次席家老山田市太の推薦で、白老の商場の副責任者となって一年近く経っていた。周囲を探索していて、素晴らしい豊かな自然に感心していたが、そこに住むアイヌ人達の顔があまりすぐれないのを訝っていた。

「どうして、皆は暗い顔をしているのですか？　シャクシャイン殿」

何度か達川はシャクシャインに問いかけた。しかし、

「…………」

いつも無言の返事だった。達川は何らかの圧力がアイヌ人達に掛かっていると推測していた。

「おそらく……金掘共。そして……」

達川は確証が取れていないので明言を避けていたが、おおよその事を把握していた。というのは、行く先々で必ず、アイヌ人の近くに金掘共がいた。当初は、

「仲良くやって、仕事熱心だな」

と感心していたが、時間が経つうちに違和感を覚えていた。

「今回は、聞き出す事ができるだろう」

達川は、小森に無断でシャクシャインの村を訪れる事にしたのだった。


「信さん、着いたよ」

その声に、我に返り前を向いた。其処《そこ》は大きな村だった。その中でも一際大きなチセ（アイヌ人の住居）に達川は案内された。

「これが俺の家族だ」

中央に囲炉裏があり、それを囲むようにシャクシャインの家族が座っていた。シャクシャインの酋長である父親に、達川は挨拶し、贈り物を渡した。父親は表情を変えずに受け取り、頭を下げた。次いで母親、シャクシャインの妻、弟妹が紹介された。数が多かったのですべての名前は覚えられなかった。しかし、

「妹のレラ」

達川はアイヌ人の女性を何人も見てきたが、彼女は和人にはいない彫りの深さ、くっきりとした二重瞼に光を放つ輝く瞳を持っていた。

「初めまして」

と、達川は顔を赤らめて挨拶していた。

「……………」

イヌイレラは無言で俯いた。

その後、村人も交えて宴会が始まり、歌と踊りで夜も更けていった。

3日程、達川は村に滞在した。シャクシャインと腹を割って話す事ができた。

「信さんの前だが、俺達アイヌは和人に搾取されている。特に金掘共やそれを管理している金山奉行にね」

シャクシャインは悔しそうに話した。

「どうするつもりだい。シャクシャイン殿は」

達川はすまなそうに聞き返した。それに対して、

「どうするか……」

少し間を置いて、シャクシャインが話を続けた。

「アイヌの中には過激な者もいて、『和人と戦う』と怒りを燻らせている」

「我々と戦う？」

「そうだ。しかし、武力が違うので踏み切れないでいる」

「………」

達川は無言で考え込んだ。しばしの沈黙の後、

「それは、避けなければ！」

達川が力強く言った。それを聞き、

「俺もできれば戦いたくない。和人の中にも信さんのような人間もいる。商場にも心優しい和人が居る。俺はこの一年で考えが変わったよ。しかし……」

とシャクシャインが言い澱んだ。

「しかし？」

達川が先を促した。

「しかし、それもいつまで持つか……」

シャクシャインは目を伏せて言った。

「うーん……」

達川は腕を組んで考え込んだ。

「何とか悪事の証拠を掴んで、奉行所に訴え出る事だ。私も手伝うよ」

と達川は力強く宣言した。

「信さんありがとう」

シャクシャインは礼を言い、頭を下げた。

「よしてくれ、同じ人間じゃないか。これからの事を相談しよう」

達川は両手を振り振り話した。その後シャクシャインの父親も含めて話を進めた。

達川が帰る日、

「娘を貰ってくれないか？」

とシャクシャインの父親から言われ、

「ええ!?」

達川はしどろもどろになった。

「嫌なのか？」

さらに言われて、

「そんな事はありません。素敵な娘さんです。しかし、まだ会ったばかりですし……」

達川は顔を真っ赤にして答えた。それを見て、

「ハハハハ！　信さん照れるなよ。レラは信さんに気があるよ！」

シャクシャインは本気だった。真っ赤になった達川を見て皆笑った。

「わかりました。少し時間を下さい。また、遊びに来ます」

そう言って、達川は逃げるようにして村を後にした。その後姿を熱い目差しで見つめていた女性が居た。レラだった。

白老の商場に戻った達川信之助は、独自に捜査を進めた。責任者の小森又二郎は無断外出を咎めなかった。達川は何となく違和感を覚えたが、急いでいたのですぐ忘れた。

1ヶ月後、

「遂に見つけたぞ！」

達川は、わざと古ぼかした書物を手にしていた。その書物は、商場の書類置き場の古い書物の中に紛れており、『蝦夷動植物誌』上・中・下の三巻に分かれていた。蝦夷の動物、植物の挿絵と説明が載っていて、その一部に記号が混じっていた。

「間違いない、裏帳簿だ」

達川は確信した。他に似たような書物があり、同様な記号が隠されていた。

「一冊持って行ってもわからないだろう」

達川はその書物が埃まみれになっているので、放置されたままになっていると考えた。

「あまり欲張って証拠を集め過ぎると警戒される。この証拠だけでもあれば、調査を続けられるし、彼らを謹慎させる事ができる」

達川はその中の中巻を懐に入れて宿舎に帰った。

達川が部屋で証拠を吟味していると、

「失礼します。お食事を持って参りました」

と女の声がした。

「どうぞ」

達川は勉強している風を装って返事をした。女が食事をお盆に乗せて入ってきた。

「せいが出ますね。達川様」

「ああ、おせいさん。急いで片付けないとならない仕事があったのでね」

女は宿の嫁、おせいであった。歳の頃は二十八歳、皆に人気のあるいい女だった。夫の与平とは二十ほど歳が離れていた。

「ここに置いておきますので、冷めないうちに食べて下さいね」

そう言うとおせいは、お盆を達川の横に置き部屋を出ていった。

「うん！　美味い！　鮭の塩焼きは格別だ！」

達川は鮭の塩焼きを食べながら、書物を読み続けた。いつしか夜は更けていった。


ダダダダダ！

階段を急いで上がる足音がした。

「う・ん？」

達川が目を覚ましかけたとき、ガラ！　と襖が開き襷《たすき》をかけた武士が数名彼の部屋に入ってきた。

「神妙にしろ！」

先頭の男が達川に声をかけた。

「神妙・に・しろ？」

達川は目を覚まし、布団の上に座り直したが、状況が理解できなかった。彼の刀は既に奪われていた。まだ何となく頭がスッキリしていなかった。

「達川！　おなごの手籠めの罪で取り押さえる」

「ひっとらえい」

「へい」

手下が一斉に達川の手に縄をかける。

「てごめ？」

達川は周りを見た。部屋の隅に、縛られている女を見つけた。おせいだった。着物が乱れ、猿轡《さるぐつわ》をされていた。達川を物凄い形相で睨みつけていた。

「ひったてい！」

指揮官らしき男が、声をかけた。達川は何の抵抗もできずに引き立てられていった。

「達川！　何て事をしたんだ！」

縛られたままの達川に、小森が叱責を浴びせた。それに対して、

「私は何もやましい事はしておりやせん」

達川は凛として反論した。

「何を言う！　貴様は、どういう状況で捕まったのかわかっておるのか！」

有無を言わせぬ小森の態度だった。達川は、思い出していた。鮭の塩焼きが美味しかったので一気に食べてしまい、喉が渇いてしまった。おせいに水を持ってきてもらって、それを飲んだ後、しばらくして眠った。そして、朝取り方に踏み込まれるまでの記憶が無かった。達川は

弁明したが、状況証拠とおせいの証言でどうしようも無い状況だった。

「貴様は終わりだ！」

吐き捨てるように小森は言い、薄ら笑いを浮かべた。

「松前に護送し、処罰が下される事になった」

小森は追い打ちをかけるように、達川に告げると、達川の弁明は聞き入れられず、彼は松前に送られた。


1669年6月、シブチャリの村。酋長のチセに村の主だった男達が集っていた。

「酋長！　このままでは、我々アイヌは和人達の奴隷になってしまう」

「そうだ！　今だって、奴隷みたいなもんだ！」

男達が口々に騒いでいた。酋長と呼ばれた男はシャクシャインだった。半年前に父親が亡くなり、彼が後を継いだのだった。和人達の要求が大きくなり、アイヌ人達への迫害も強まっていた。何とか収拾しようとシャクシャインは父親と頑張っていたが、ますます迫害が強まるばかりだった。

各地で散発的な暴動は起きたが、規模が小さかったのですぐ制圧されていた。松前藩や金掘共が、うまくアイヌ人達がまとまらないようにしていたためであった。

「もう、戦うしかない！　酋長！」

人々の叫びを流し、皆に聞こえないように、

「後の先だ」

シャクシャインは独り言を言う。心の中ではまだ迷っていた。達川信之助のような和人もいる事を彼は頼りにしていた。武装蜂起すれば、多大な人命が失われる事がわかっている。

アイヌ、縄文精神は自ら人を攻撃することはない。そこへ一人の男が入ってきた。その男は傷だらけだった。

「ムカワの村で戦が始まりました……」

男は息も絶え絶えに、報告した。その男をシャクシャインはムカワに派遣していた。ムカワの村とは親戚関係にあった。

「……ここまできたら仕方が無い。家族を、同志を守るための後の先だ！」

ここに『寛文蝦夷蜂起（シャクシャインの戦い）』が勃発した。

シャクシャインは、東は白糠《しらぬか》、西は増毛《ましけ》にいたるアイヌ人達に、反和人・反松前を呼びかける檄を飛ばした。皆うっぷんが溜まっていたので、一気にシャクシャインの軍勢は膨らんだ。

「うおー！」

今まで自重し、アイヌの暴動はほとんど起きていなかった。アイヌは搾取しても我慢する、と高をくくっていた和人達、特に対応していた金掘共は慌てた。いくら武力に差があっても、

「衆寡敵せず」の例えのように、あっという間に踏み潰されていった。アイヌ人達はますます勢いに乗り、白老の商場まで迫っていた。

「まずいぞ……」

金山奉行の村木又衛門が苦虫を噛み潰した顔で呟いた。

「どうしましょう？」

商場責任者の小森又次郎がおろおろして歩き回っていた。

「今ひとつ、手を打っております」

金掘共を束ねる文四郎が青い顔色ながら、答えた。

「今ひとつの手とは？」

村木が聞き返した。小森は文四郎を慌てて見た。

「配下の者に敵の後方を霍乱《かくらん》させるつもりです」

文四郎は二人に顔を近づけて小声で話し始めた。

「うん。よかろう！　ここで食い止めておけば、藩の討伐隊が到着するだろう」

村木は胸を撫で下ろして微笑んだ。

「如何にも」

小森もほっとした顔をした。

「それでは、首尾をお楽しみに」

文四郎はニヤッと薄ら笑いを浮かべた。

「おお、もうすぐ白老の商場だ」

「おお、俺達が結束すればこんなものさ」

アイヌ達は和人達を圧倒しているので、気分が良く酒盛りをしていた。しかし、

「…………」

シャクシャインだけは黙って白湯を飲んでいた。何かを考えているようだった。

「酋長どうしたんですか？」

白湯を注ぎながら側近の一人が尋ねた。シャクシャインは一同を見回し、白湯を一息に飲み乾し、フーと一息ついた後、

「お前達は、自らのむやみな攻撃心を甘く見ている」

そして、側近に酒を注いで回った。

「今までは、勢いで勝ってきた。しかし、これからは松前藩の正規軍と戦う事になるだろう。常に和睦の意識がなければ、己の怒りの感情が自らに倍になって攻め入るであろう……」

皆はシーンとして聞いていた。

「俺は、どの時点で和睦すべきか考えている」

シャクシャインは戦いの終わらせ方を考えていた。

「ちょっと待て！」

シャクシャインの言葉に異を唱えた者がいた。

「ハウカセ」

石狩のハウカセだった。シャクシャインの檄に答えて部下を連れて参陣していた。

「松前藩だけが交易の相手ではないんだぜ」

彼は密かに弘前藩との交易再会を図っていた。

「しかし、現実に我々の鼻先には松前藩がいるんだ。彼らとうまくやっていかないと、我々は江戸幕府とも戦わなければならない事になる」

シャクシャインは以前、達川信之助に今の日本について聞かされていた。

「フン！　まあいいさ！」

ハウカセは、話は終わったとばかりにその場を離れた。戦いが続き、夫々の利害が顔を出してきていた。

「まずいな……」

シャクシャインは、ひとりで考え込んだ。周囲では酒盛りが、また盛り上がっていた。

2日後、シャクシャイン達は白老の商場の直前まで迫っていた。シャクシャインは降伏勧告の使者を出し、様子を見ていた。商場からはなかなか返事が来なかった。そうしているうち

に、

「大変だ！　後方に敵だ！」

その報告に、シャクシャインは近くの丘に登り、後方を見た。後方の部隊が乱れてこちらへ向かってきた。

「どうして？」

シャクシャイン達には理由がわからなかった。和人達を負かす度に、彼らを松前の方に追い立てていたので、後方に敵がいるはずが無かったのだった。しかし、和人達は、新しい部隊を編成して船でムカワから上陸して密かにシャクシャイン達を狙っていたのだった。

「拙い！　後方の乱れを正さないと、全軍が乱れてしまう」

シャクシャインは、側近の一人に前面を任せて部下を引き連れて後方に向った。後方では和人達が鉄砲を撃ちながらアイヌ人達を追い立てていた。シャクシャイン達は和人達の側面から弓矢を射掛けた。勢いに乗っていた和人達は、シャクシャインがこんなに素早く反応してくるとは思わなかったので、面食らって立ち止まり、闇雲に鉄砲を撃ち続けた。

シャクシャイン達は今までに無いほどの鉄砲の攻撃に戸惑ったが、数で圧倒した。和人達は所詮寄せ集めで、奇襲作戦に頼っていたので、思惑が外れて森の中へ撤退していった。

「何とか食い止めたな……」

シャクシャインはホッとして、側近の一人に後を任せて前線へ戻った。前線に戻って、

「…………」

シャクシャインは絶句した。商場に旗指物が乱立していた。

「どうしたんだ?」

後を任せていた側近に尋ねた。すると、

「酋長が後方に向かってからすぐに、松前からの援軍が着いたようです」

と彼は答えた。

「数は?」

「正確ではありませんが、1000人くらいと思われます」

「うむ……」

「武器の種類は?」

「先程物見に数名行かせました。鉄砲隊が50名ほどいたそうです」

その話を聞いてシャクシャインは腕組みをして考え込んだ。

「…………」

「酋長……」

シャクシャインの沈黙に耐え切れずに、側近の一人が声をかけた。シャクシャインは腕組みを解いて、

「よし!　退くぞ!」と命令した。

「良かった！」

小森又二郎は、援軍が到着してホッとしていた。

「うむ、これで勝てるな」

村木又衛門も表面にはあらわさなかったが、内心ホッとしていた。

「アイヌ人達をやっつけましょう！」

文四郎も威勢が良くなった。そのとき、

「アイヌ人達が撤退しております！」

その報告を聞いて、

「何？　撤退？　許さん！　追いかけろ！」

村木は声を荒げて命令した。

和人達は、今度はこちらの番だとばかりにアイヌ人達を追いかけた。アイヌ人達はほうほうの体で逃げていた。ある小道に差し掛かったとき、ヒュン！ヒュン！　と矢が多数、和人達の上に降り掛かってきた。

「うぐ！」

「うわー！」

和人達は矢を受けて、引き返した。それを確認してから、シャクシャイン達はシブシャリのチャシ（砦）まで撤退した。和人軍には１００名程死傷者が出てしまった。

「小癪なアイヌ人め！」

村木は地団駄踏んで悔しがった。

「なぜ？　奴らが兵法など知っていたのか……」

小森は不思議に思っていた。

「信さん」

実は、シャクシャインは達川信之助に兵法というものがある事を教えられていた。そしてその兵法に縄文精神である「後の先」を応用したのだ。アイヌ軍部隊は無事、シブチャリのチャシにたどり着いた。


その後、部隊を立て直した村木又衛門は、小森又次郎とともにシブチャリのチャシに押し寄せてきた。

「総攻撃！」

何度も攻め込んだが、チャシは容易には落ちなかった。また、シャクシャインの巧みな落し穴をはじめとするゲリラ戦法で和人軍は攻め手に迷いだした。徐々に疲労が溜まり、村木の責任問題に発展しそうになっていた。

「くそ！　どうしたら良いのか……」

流石に村木も疲れの色を隠せないでいた。チャシの攻防戦はひと月を過ぎていた。すでに10

月に入り、冬の訪れを感じさせる寒さになってきた。

「お奉行……。偽和睦の手があります」

小森が案を出した。

「偽和睦か……。その手でいくか」

村木も同意して作戦を練った。


「おーい！」

シブチャリのチャシに一人の和人が訪れた。物見からの報告でシャクシャインは櫓《やぐら》の上に登りその男を見つめて居た。

「あれは？　信さんじゃないか？」

男は達川信之助だった。２年ぶりの再会だった。達川は罠に落ち、松前に送られた。吟味の末に受牢を言い渡されたが、上司で次席家老である山田市太の口添えで、自宅蟄居となっていた。達川は己の不甲斐無さに当初は打ちひしがれていたが、気を取り直して心身を鍛え直していた。そうしているうちに、シャクシャイン達の蜂起を知り心配していた。

ある日、筆頭家老の柿崎蔵人に呼び出されて、

「お主、シャクシャインと仲が良かったそうだな？」

と訊ねられた達川は、

「はい。存じております」

と正直に返答した。それを聞き、

「うむ。お主に頼みがある」

「頼みとは？」

「和睦の使者として出向いてくれ」

「和睦の使者？」

意外な申し付けに達川は面食らった。藩内では徹底抗戦が主流派だった。柿崎もそうだと思っていた。

「うむ。これ以上は益が無い事、幕府への対応もあるのでな」

柿崎はブスッとして言った。

「わかりました。喜んで使者に立ちます」

準備もそこそこに達川は和睦の使者としてシブチャリに向かった。

偽和睦とは露ぞ知らず。

「信さんが和睦の使者とは……」

シャクシャインは驚いていた。二人はチャシの中の大きなチセで話をしていた。

「シャクシャイン殿、これ以上は無益な争いである事がようやく藩の重役達にもわかったようです」

達川は久しぶりの再会に感激しながらも和睦の話を進めた。シャクシャインももとより争いの終結方法を苦慮していたので、渡りに船だった。元来、戦いの気持ちが起きようとも和睦こそが縄文精神であり、しかも和睦の使者が達川だったので安心して和睦の話を進めた。達川を知っているアイヌ人達が多かったので、皆和睦に同意した。冬も近づき、争いに飽きてもいたのでなおさらだった。

和睦の条件が両者の間で合意した。商場を廃止し、自由な交易ができる事になり、アイヌ人達はホッとしていた。

１６６９年10月23日、天気の良い日。チャシの外に天幕が張られ、和睦の儀式が行われようとしていた。

松前藩からは、村木又衛門、小森又次郎、アイヌ側からは、シャクシャインと２名の側近が出席した。なぜか達川信之助は出席していなかった。

「信さんは？」

シャクシャインは訝しがったが、

「達川は、松前の母上が急病との事で急遽帰った」

村木が酒をシャクシャインに勧めながら言った。

「信さんらしくないいな？　よっぽど容態が悪いのだろう……」

シャクシャインはそう解釈した。

そして和睦のためにも、和人のしきたりである勧められた酒を飲むことにした。

勧められるごとに飲みほしシャクシャインは語った。

「我々アイヌは縄文人の末裔です。アイヌの神話を伝える語り部が、口承文芸を受け継ぐ者として常に我々を正しい道に導いてくれます。我々は決して争いを好みません。決して無益な反撃をしない。常に相手の気持ちが攻めにならないように相手の意識を和らげる。そんな思いを伝承している我々もここまでされれば許せないという気持ちに何度もなりました。しかし、攻めが続きどうしても逃げようがないとき、後の先の意念をこめて、和人からの攻撃心を自らに戻したのです。それが今回の争いの結果です。アイヌ神話に伝わるありとあらゆる生き物に宿る神を信じて、どんなに裏切られてもどんなに惨いことをされても人を恨まない、憎まない、そういう教えを忠実に守っているのです。神仏は平等に皆に宿っていて……」

とアイヌ神話の一番の教えを語ろうとした瞬間、シャクシャインは突然会話ができなくなり、そして、

「グッ！」

熱い物がこみ上げてきた。

次の瞬間、彼の口から大量の血が噴出した。

「なぜだ……？」

シャクシャインが、そう呟くと、

「それ！　やれ！」

小森の掛け声とともに天幕が崩れ、抜刀した和人達が雪崩れ込んできた。そしてうずくまる。シャクシャインは目の前に仁王立ちする村木に向かい、

「ううっ、戦いは人に憎しみの念を残し、そしてその念は末代まで続き憎悪の念を膨らます。なめるな！」

「ふふ、今さらあがくな！　お前は」

瞬間、シャクシャインの抜いた刃が村木の右頬を５センチほど切り裂いた。

「寸止めだ！　和して同せず」

吐血とともに呟くシャクシャインに、村木は容赦なく斬りつけた。

鬼の形相の村木は、シャクシャインの首を一瞬のうちに斬り落とした。それはあっという間の惨劇だった。

シャクシャインを失ったアイヌ人達は激しい怒りの念がありながらも為す術が無かった。

翌日にはチャシも焼かれ、シャクシャインの戦いは終焉を迎えた。

「やりましたな、お奉行」

文四郎が村木に酒を勧めながら言った。酒を飲み、

「うまくいったな。和睦という策謀が」

村木はにんまりして右の頬の血を舌なめずりした。

「これでアイヌ人達も懲りたでしょう」

小森も薄笑いを浮かべながら酒を飲んでいた。

村木は幼少時、アイヌ征伐時の逆襲に遭って父上を亡くしている。剣の道に精進し、のし上がった成り上がりで、ようやくつかんだ位だった。

「これからは、我々の思うツボだな」

「はい。お奉行様」

これ以降、和人によるアイヌ支配が進み、アイヌ人たちはつらい日々を送る事になった。

「しかし、奴は何処へ消えたのでしょうか?」

小森がふと呟いた。

「達川の事か？　奴一人ではどうにもなるまい。放っておけ！」

村木はそんな事は心配するなとばかりに、言い捨てた。


シャクシャイン達との和睦の前日。

「ようやく平和が訪れる。これから、皆で蝦夷の発展をしていこう」

達川はシャクシャイン達との未来を夢見て、宿舎で政策を考えていた。そのとき、

「達川。裏切りのかどでお前を捕縛する！」

と突然捕り方が踏み込んできた。

「何？」

今度は、薬を盛られていなかったので、側の刀を素早く取り、応戦した。しかし、多勢のために敵わないと判断した彼は窓から跳び出し、森の中へ消えていった。

「逃がすな！」

捕り方の怒号は虚しく闇に吸い込まれていった。達川は以前この土地を訪れており、詳しかったのでうまく逃げ切れたのだ。

達川は何とかシャクシャインに知らせようとしたが、厳重に警戒されていたために彼らを助ける事ができなかった。

「きゃー！」

「助けてー！」

和人達の攻撃でシブチャリのチャシが燃え上がり、アイヌ人達は逃げ惑っていた。次々と和人達に殺されるか捕まっていった。シャクシャインの妹のレラも数名の和人に追われ、捕まる寸前、

「こっちだ！」

と外れのチセから男が跳び出し、彼女の腕を捕まえ追っ手から隠した。

「あなたは、信さん」

イヌイレラは驚いて目を見張った。男は達川信之助だった。

「レラさん……。すまない。こんな事になって」

達川は頭を下げた。

「…………」

無言のイヌイレラに、悲しい目を向けて、

「私は、松前藩のした事に憤りを感じている」

「…………」

イヌイレラは無言で達川を見つめた。

「私は、あなたが……」

突然達川はイヌイレラに突進されて、三歩ほど退いた。二人の間に矢が突き刺さった。

「レラさん、一緒に逃げよう」

達川は、イヌイレラをしっかり見つめて言った。

「できるだけ無為な戦いは避ける。シャクシャインからの教えだ。君を何がなんでも僕が守る」

◇　　◇

達川実は一息ついて、先祖から聞いた話を影浦に語り終えた。影浦は知られざる日本の歴史の一部を垣間見た気がした。

影浦の眼前には、反射的に〝パラレルワールド〟が広がった。

「シャクシャインに斬りつけられた村木の目、どこかで見たことがある。あの寂しげで曇る虹彩。あっ、成り上がる野心があり、人の道を外している、看護師四柳と同じだ。『輪廻転生』人は魂を成長させるために生まれ落ちる。しかし負の連鎖を断ち切れない者もいる。抜刀の傷跡が太田母斑のあのアザなのか」

「そういう訳で、俺の先祖は遠い昔に日本海から脱出を図った。流れに流され知夫里島に舟で到達、達川とイヌイレラの間に男の子四人と女の子三人が生まれた。だからこの島の人たちは、アイヌ、縄文の血が濃い、そして精神は完璧に縄文精神だ……イヌイレラのポケットに入れていたギョウジャニンニクを栽培し、知夫里島に根付かせた。気候が違うために薬効はアイヌのものに比較すると落ちるが、それでも島の人にとっての万病を癒す伝説の薬草だ。しかし50年ほど前からうちの畑のギョウジャニンニクは群生したままだが、他の島民の畑のは全部枯れてしもうたけん」

達川は影浦に酒を勧めながら、

「特にさっきの場所に、ギョウジャニンニクの栽培に成功できたのは、イヌイレラが特別な祈りの念と形霊《かただま》を込めたからだと言われている。さらにギョウジャニンニクの隠岐の誉れ漬けでの成分抽出が必要だ。漬けて2週間もすると白い泡が出てくる。これを島民は『カロス』と呼んでいる」

「え！　そうなんですか！」

影浦は驚いて、質問をした。

「で、その祈り、形霊とは何ですか？」

「それは残念ながら島の人には伝わっていない。おそらくアイヌ人のシャーマンにしかわからない。わしが持っている情報は、アシリレラというシャーマンが唯一の継承者だということ。30年前に一度手紙をもろたことがあるけんが、わしも直接あったことはない。一度は生えても、土地の持ち主の魂が濁るとギョウジャニンニクはあっという間に枯れてしまう。最近の島の島民はわしとちごうて、物々交換やなく、金を扱いだしたんで、卑しいもんが増えたけん、それで枯れよる。最近はジジババまで薬に頼るようになったけん、ギョウジャニンニクカロスのことなど話にも出んが、達川家はこの薬草で百歳以上まで元気に生きちょる。島の平均寿命は八十歳だけん、二十歳は長く元気に生きれるだわい」

影浦はありえない勢いでの回復を自覚していた。影浦はまた過敏体質であるが故、この薬効のすごさを感じた。

「まあ、お前も興味があったら、お偉い学問だけでなく、こういう自然の力も利用したらいだわい」

　達川は、影浦の肩を叩き、更に酒をあおった。

（失神直後ながらいくらでも飲める。この秘薬かなりやばいな……）

　この秘薬が、後に医療に革命を起こすことになる予感を影浦は感じていた。

第7章 エクソーム

毎日が送別会となった最後の週も、とうとう終わりを告げた。東京に戻る日、来居港《くりいこう》から
フェリーに乗り込むと別れのつらさが怒涛のように襲い掛かってくる。
見送る顔も見送られる顔ももはやクシャクシャ、あまりにも濃密に貼り付いた時間と人情は
それを引きはがすのにこんなにも痛みを伴うものなのか、と思い知る。ただ、達川実の姿だけ
はどこにも見当たらない。一抹のさみしさはぬぐえないが、偏屈の塊だけにこういう場面が苦
手であることとくらい影浦には容易に想像がついた。
「しぇんしぇ、ありがとうね」
「影浦先生、また来んしゃい」
「毎年、ちゃんと挨拶に来るだわい」
船と港をつなぐテープが一本、また一本と途切れていき、波間に頼りなげに浮かんでいく。
涙と潮風でバリバリになりかけた頬を拳でごしごし擦った、そのときだった。沖合から近づい

ている一艘の小型釣り舟が視界に入ったのは。それは、達川実の舟だった。

「頼むよ、師匠、まるで映画のワンシーンじゃ」

言葉にできない熱い思いが影浦にこみあげてくる。白いタオルには『押忍』と書かれ、それを大きく振りながら何かを叫ぶ、達川実。エンジン音で声はかき消されているが、影浦の胸にははっきり響いていた。

相撲の試合の直前に、影浦の胸を常に叩きながら気合いを入れる。

そして、「右京、自分の信念に従って一直線に前に出ろ」

伴走は1時間以上も続いた。やがて思いを断ち切るように、舟の舳先《へさき》が弧を描いてUターンを始めたころには影浦の乗ったフェリーは島よりも本島に近づいていた。影浦にとって生涯最高の卒業式となった。


影浦は2年ぶりに東京に戻ることになった。彼は以前住んでいた安アパートに空き部屋があったので借りる事にした。戸棚には「隠岐諸島大相撲大会、準優勝」と書かれた賞状が額に入れられ飾られていた。影浦は決勝で達川と当たって食い下がったが、師匠の大技「呼び戻し」で敗れた。しかし、やり遂げた満足感でいっぱいだった。

赴任から丸2年、時と場所が変われば価値観も変わる。

物質的豊かさを追い求めて西欧文明を追従してきた日本人、特に果てしない競争社会に生きる都会の人々と、伝統的な日本の文化を継承して自然とともに生きている島の人々とではあらゆる価値観が違う。その両方を体験した影浦には一つの信念が構築された。

今後の新しい医療の流れや健康増進の方法は『自然から学ぶ』以外にない。人間という小宇宙は大自然の中の一部。あらゆる生命の源である自然に立ち戻る。健康創造の原点、本質を島の生活で体感し、これからの進むべき道が完全に見えた。ここからは行動あるのみ。


「影浦君、よく戻ってきてくれたね。これから研究を手伝ってくれたまえ」

守山教授からテーマを貰い、影浦は懐かしいＥＲへ向かった。

「お久しぶりです」

医局長の有村次郎の姿を見つけて、影浦は声をかけた。

「やあ、影浦先生。お帰りなさい。随分日に焼けて、逞しくなったね」

懐かしそうに笑いながら、有村は影浦に近づきまじまじと顔を覗き込んだ。

「はあ、外で相撲ばかり取っていたものですから」

影浦は頭を掻きながら笑って答えた。

「いいね。先生、雰囲気が明るくなったよ」

そう言われた影浦は、知夫里島での２年間で自分の中での時間軸、健康感、人間関係の機微、なにもかもが生まれ変わっていた。また死生観からの感性、相撲道の本質にも触れ、己の内面の軸に変化が出たことを感じていた。

「ＥＲの忙しさはどう？　有村先生」

「はい。相変わらずですよ。胸部外科からも先生が来るようになって、かなり厳しいです」

影浦がいなくなってから、胸部外科もＥＲに関わるようになり、有村を入れて消化器外科から三人、胸部外科から三人の計六人体制で活動していた。

有村と影浦が、旧交を温めるように話していると、

「有村先生。昨日の気胸で入院した人ですが」

と話しながら一人の医師がやってきた。

「はい、元村先生。何かありましたか？」

胸部外科から来たチームのトップ、元村大輔だった。

「お話し中、すみません」

丁寧な話し振りだが、有村はいかにもやりにくそうだった。

「元村先生、こちらは影浦先生。以前のＥＲエースですよ」

「初めまして、元村大輔です。今、主任をしています」

と元村は淡々と自己紹介した。

「ＥＲは終始人不足です。影浦先生、是非ＥＲに戻ってきてください」

「いや。守山教授からは研究メインの指示を受けているんです。ただし、何かお手伝いできる

事があれば遠慮なく言って下さい」

元村は軽く頷いて仕事に戻っていく。

「どうだい。やり難いだろう？」

参ったという顔で有村が、影浦に同意を求めた。

「前のようにERで働けませんが、何かあれば声をかけて下さい」

影浦の返事に、少し寂しそうに有村は頷いた。

「しばらく、様子を見ていてくれ。いずれ君の経験を役立ててほしい」

そういうと有村は、影浦を送り出した。

「はい、私は生来、喧騒や光が苦手ですので、研究職はとても合っています」

「えっ、影浦先生、そうは見えなかったが」

「外向型ＨＳＰの特徴です」

「外向型ＨＳＰ。内面の繊細さを人には見せないよう立ち振る舞う、心理学者が最近定義した例の……」

首をかしげる有村だった。

「先生は鈍感力が非常に高くて、うらやましい」と影浦は小声で呟いた。

大学病院は通常の名医か否かの基準よりも病院長、スポンサー企業からのオファーで人事が動く。守山のライバルである胸部外科の佐久間吾郎がER参画に手を挙げ複雑な人事構造をつくりあげていた。

「うーん。生臭い事になっているんだな」

影浦は、そういう政治絡みの事に関わる話を極端に毛嫌いしていたがこのような社会の矛盾に人一倍、正義感を持ち立ち向かう意欲が強い。これもまたHSP的人間の特徴の一つだ。

影浦の意向に沿い、守山教授から与えられたテーマは『不老長寿医療』エクソソームの研究。内にこもりひたすら顕微鏡や暗室で行う研究は影浦には実に合っていた。


不老長寿医療は、今までヒト胚（受精卵）を壊してつくる胚性幹細胞（ES細胞）が研究対象になっていたが、倫理上の問題で制限があった。２００６年、京都大学の山中伸弥教授が発明したiPS再生医療にはガン化という壁が立ちはだかり、いまだ臨床の段階である。そんななか、脂肪や歯髄などの体性肝細胞エクソソームに大学では注目したのだ。

各国・研究機関はまだ手つかずのブルーオーシャン系の研究であり、狙った通りになれば膠芽腫という悪性度の高い脳腫瘍と卵巣の明細胞ガンを治す可能性、さらには健康寿命を1・5倍から2倍には延ばせる可能性が出る。

東京明光大学、特に消化器外科・守山大輔教授は、移植を目指したマウスでの脂肪由来幹細胞エクソソームの研究をしていた。

「影浦君、どうかね?」

影浦は教授室に呼ばれ、守山から進行状況を尋ねられた。

「はい。脂肪組織由来幹細胞エクソソームは、マウスではうまくいってますが、人細胞での増殖能や抗腫瘍能力がまだ低いです。先陣の研究のおかげで40%までは作製できるようになりましたが、既存とは違うエクソソーム中に遺伝子や増殖を促す栄養素が必要です」

「そうか……。頑張ってくれたまえ。日本でも外国でも我々の真似をする輩が増えてきている」

守山に発破をかけられて、影浦は実験室に戻った。

「何かないか?」

影浦は、新しい発想を求めるときに同じ質問を繰り返す癖があった。

「何かないか?」

これを繰り返しているうちに完治していない睡眠障害の発作で眠りに落ちてしまった。

「生命活動には形とエネルギーと情報が必要だ。細胞にもそれは言える。それらを満たす培養液……」

「アイヌの秘薬……」

「ギョウジャニンニク」

「それだ!」

影浦は相撲の稽古で脱水で失神した際に蘇生し、あっという間に生命エネルギーを与えてくれた「ギョウジャニンニク」のプレコンディショニング（栄養素として培地に混ぜる）イメージと己の寝言で目を覚ました。

知夫里島での自然と一体となる生活と元来のＨＳＰが重なり、感性が際立っていた。幼少のころからの幻聴と直観力の鋭さから、ものごとの本質を見逃さない。知夫里島での相撲の経験から、真の医療に使える素材、健康増進につながる素材を見つけた。それは物質とエネルギー、そして人の思いだ。

志が正しい者が正しい技術、情報、そしてエネルギー、これらを三位一体として有機的に扱わねば、新しい革命的な医療システムは生み出せないと、そう影浦は感じていた。

影浦は生まれつき高すぎる感性の持ち主だった。影浦同様の人間は世の中に少なくない。彼らは多々心身の不具合を起こすため、生きづらいと感じている者が多い。しかしこの感性はコントロールさえできれば非常に強い武器になる。

「だめ元で試してみるか？」

影浦は達川実に、ギョウジャニンニクを宅急便で発送してもらうことを依頼した。

届いて即座にギョウジャニンニクをアルコール抽出すると白い泡ができた。カロスだ。脂肪幹細胞と同時に、臍帯《さいたい》幹細胞を早速試しはじめた。原液から開始、10倍、100倍エキスでのプレコンディショニング効果を確認。そして1000倍にしたカロスを加えると変化が出始めた。iPS細胞から分化させた皮膚細胞が1・5倍程度寿命が延びはじめた。また、人工的につくった卵巣がん細胞を、選択的に分化を止めることも確認した。さらに卵巣がんのモデルマウスは、1000倍に希釈したギョウジャニンニク・カロスを加えると、10匹中、8匹で腫瘍が消えたのだ。物質とは異なり生命体のもつ情報を伝える上では、薄めて使うことでその薬効を発揮する。実際ギョウジャニンニク・カロスは薄めたほうが薬効が強いのだ。

影浦は手応えを得てさらに研究を進めた。カロスを分析器で細かい成分を解析した。

「守山教授。ある程度、新型エクソソーム研究に目処がつきそうです。ただし決定的な治癒効果を生み出すには、まだ一部要素が欠けています」

影浦の報告に守山は、

「そうか。これは下手すると特大ホームランになるかもしれんな。現状の目処がついたところで充分だ。まずは特許申請だ。そして研究を続けてくれたまえ。次は安全性の確認とそして治験取りを開始しよう。ただしきわめて重要な知財が取れていない」

守山教授は言った。

「パテントは大学の知財部を通じて影浦君と大学の5対5の共有財産としよう。すべてこちらでこなしておくんで心配ない」

守山の勧めで、影浦は特許申請を大学パテントチームに委ねた。

「ギョウジャニンニク・カロス」は、守山のチーム内でのみ情報を開示し、密室でのミーティングが続けられた。主な研究者は酒田と大谷だった。研究者達には厳に極秘にすることを命じた。

「そのカロスの詳細、薬効は？　培養は？　酸素濃度は？　どこまで薄めるのですか？」

「構造式は？」

矢継ぎ早の質問に、影浦は淡々と答えた。

「カロスの構造式はスライドに示した通りです。素材に関しては、守山教授にだけ話します」

酒田が口を挟む。

「追試ができないじゃないですか」

弁理士が所属するのは横須賀再生医療研究所だった。日本のトップクラスの弁理士グループで、ＮＤＡ（守秘義務）は結ばれていた。

「申し訳ありません。私もエッセンスが何か抜けていることを感じており、原材料に追加素材が必要だと思っています。素材の安定供給の目処が立ち次第、発表します」

影浦はそう言うと答弁を終了した。

エッセンスは抜きで知財を取ることを再度、影浦と守山の間で話し合われて徹底した。

【ホメオパシー、アイソパシー治療】

ホメオパシー、アイソパシー治療は1700年代に欧州ではじまった伝承療法だが、原液を希釈して用いる。極端なケースでは、100万倍、1億倍と天文学的な数字での薄め方をするが、情報を入れこむという意味においては、その方が薬効が増すのだ。ホメオパシー、アイソパシーの原理からワクチン療法が生まれている。影浦には、ホメオパシーやアイソパシーという欧州の民間医療を日本の学者が詐欺扱いする意味が全くわからなかった。

第８章　決意

「影浦君、研究はうまく進んでいるかい？」

守山教授がニコニコして尋ねてきた。

「はい。順調です」

影浦は淡々と答えた。

今や、東京明光大学のエクソソームでの長寿医学とガン治療には大学内外からの注目が集まっていた。

「それは、よかった。期待しているよ。私も頑張って研究費をいろんな所からぶん取ってこよう！」

「守山教授、宜しくお願い致します」

影浦は、頭を下げた。守山教授の期待がひしひしと伝わっていた。そして、実際に研究費をいろいろな所に掛け合ってくれていた。

「影浦先生、このデータなんですが、どうでしょうか？」

影浦が守山を見送って研究室に戻ったとき、一人の男が声を掛けてきた。

「ん？　下谷先生、何だい？」

下谷良治三十歳、３ヶ月前に影浦の下についた研究者だった。守山教授が企業献金を出した団体から研究費を取り付けた条件に、彼を採用する事が決まった。

「影浦先生、これを見て下さい。この方法を使うと一定の組成になります」

下谷は、影浦にデータを見せながら説明した。

「下谷先生、組成が同じでも物性が異なる、つまりエクソソームに対しての働きが栽培方法によって変わってしまうんだよ」

影浦は、ギョウジャニンニクは希釈倍率が１０００倍だが、栽培した植物によって物性が変化することの問題を解決できずにいた。いわゆる再現性の問題だ。そして、確実な栽培方法が確立されてから、原料となる植物の事を大学内で発表したいと考えていた。

「いえ、組成が同じならば論文的には問題ないと思うのですが……」

「いや、今の状況では全くの早計と言える」

「……。そうですかね」

下谷は、表情を変えず、その場を立ち去った。

一週間後、影浦が研究結果を論文にまとめていたとき、

「影浦先生！　早く来てください！」

医局から事務の堀田希が電話してきた。その緊急の要件という言葉に、救命医としては職業柄か、ネガティブな感覚が無条件に出てしまう。

不安を抱き、影浦は医局に戻った。影浦が医局に着くと、守山教授を中心にしてテレビを見ていた。

「あっ！　影浦先生」

影浦を見つけて堀田が声を上げた。そして守山教授が振り向いた。

「影浦君、やられたよ……」

守山教授が振り向いて悔しさを隠さず言った。

「教授、どうしたんですか？」

影浦は状況がわからず、尋ねた。

「今、横須賀再生医療研究所の発表があったんだよ」

「ん？」

「ファックスが届いたんです」

堀田希が説明した。14時に重大な発表があると医局に横須賀再生医療研究所からファックスが届いた。守山教授が皆で見る事に決めて、堀田に連絡をさせて医局員を集めたのだ。

「大村先生、ギョウジャニンニクという植物は？」

「え！　ギョウジャニンニク？」

影浦はテレビから意外な名前が出たのでびっくりした。

「ギョウジャニンニクというのはですね……」

横須賀再生医療研究所の主任教授の大村行夫に代わって、准教授の村岡保が答え始めた。

「彼は、あのときの……」

影浦は、アジア再生医療学会の弁理士チームにいた男が、しつこく質問していたのを思い出していた。

「という事で、我々はギョウジャニンニクより抽出した物質を利用して脂肪由来幹細胞エクソソームの安定した製造に成功したのです。すでに特許は申請しました」

「…………」

横須賀再生医療研究所の発表が終わった後、しばらく沈黙が医局に漂っていた。

「うーん。情報が漏れたのか？」

影浦は、エクソソーム物性の安定性がとれないことからギョウジャニンニクの事はまだ発表していなかった。ギョウジャニンニクは野草で、栽培が難しいと師匠の達川実に聞いていたこともある。達川から知夫里島のギョウジャニンニクを分けてもらい、それを栽培して何とか実験に使用していた。栽培方法も改良して倍率も決まり同じ手法で繰り返し製造された。

しかし都度物性が異なるため、エクソソームも安定しない。そのためギョウジャニンニクという素材はおろか倍率などの件も一切公言していなかった。

「横須賀再生医療研究所、一体どこから情報が漏れたのか、しかもＮＮＮまで。影浦君、情報を盗む輩が身内にいたな」

守山は眉間にしわを寄せて語った。

「この研究はまだ全く未完成です。そのうえギョウジャニンニク自体が稀少で乱獲されれば、一発で枯渇してしまう」

守山は少し深い溜息をついたのち、

「とにかく、こうも大胆に発表されるとこちらの特許は潰された。なんとか策を練ろう。影浦君、引き続き頑張ってくれたまえ」

守山教授から発破をかけられて影浦は、

「私はギョウジャニンニクが世の医療を一変させる可能性があると確信しています。アイヌ、そして知夫里島からの宝物、思い入れが半端なく強いんです。それにしても一体誰が、どうやって。私が必ずや完成させてみせます」

影浦は達川から定期的に送り込まれるギョウジャニンニクが他では絶対に入手できないことからも不可解な事件に自らの言葉で気持ちを諌《いさ》めようとした。そして研究を急ぐことに決意を新たにした。

影浦が落胆し、歩みを止めている中、横須賀再生医療研究所は次のステップに歩みを進めた。

そして影浦が恐れていたことが実際に起こる。

研究所は釧路に近いギョウジャニンニク群生地を押さえ、さらに人工栽培を進める計画を立てた。国からの予算を取りつけ、さらに北海道中の野生のギョウジャニンニク群生地の買収に走り出した。

「影浦先生！　最近ギョウジャニンニクの調子が悪いのですが……」

下谷が、研究室の影浦を見つけて声をかけてきた。

「ギョウジャニンニクの調子が悪い？」

栽培しているギョウジャニンニクが枯れ始めたのだ。

「はい、原因は不明です」

「原因不明……」

影浦は、黙って考え込んだ。

「影浦先生ならば原因がわかるのでは？」

下谷は、影浦から情報を取りつけようとする。

「まあ、植物には時期・土地の力というのがある、また栽培者の意識が反映されるもの」

島で聞いた達川からの受け売り言葉を語る。

「量子論的発想の研究では、人間を含め生物だけではなく、物質にも特有な波動・周波数というのがあり、それを修正する事で生物では病気が治り、土地の活力が上がり植物の生産性が上がるという説がある。それに対して科学的根拠は少ないが、実践している農家がうまくいっているケースが多い」

影浦は達川の説法を回想していた。

「右京、植物には適した土地柄というのがあって、植物で言えば『四方三里の地の野菜を食せ！』とは古くから言い伝えられた健康法だ。地の土壌菌でしっかり生育した植物は大地からミネラル、ビタミンをしっかり取り込み、地元に住み着いている人間にとって最高の栄養分となる。農薬、化学肥料で育った農作物では健康に役立ちやせん。このギョウジャニンニクも土地柄が似ていたから生えた。しかし、原産地の物よりは落ちる。さらにもう一つ、栽培者、採取者の意念で植物を育てたときの効果が全く変わってしまう。これを持ち込んだ我々の先祖、イヌイレラは栽培にあたっては、意念と形霊と言霊が必須だ」

下谷は終始、呆れ顔で影浦を眺めながら言い捨てた。

「影浦先生、まじめに答えてください。このままではギョウジャニンニクはうちのラボで全滅しますよ」

（この男、かなり心がすさんでいる、私からは情報を搾取するという思いしか伝わってこない）

ＨＳＰ（高い感性で大人の卑屈な心を読めてしまう癖）が久しぶりに自動的に稼働してしまった影浦。しかしポーカーフェイスで影浦は、

「下谷先生、報告ありがとう。少し原因を調べてみるよ。例のうちの情報を盗んだところも安定した栽培は難しいというか、不可能だと思う。種は私が持っているんで、次の研究までに対策を立てればなんとかなる」

「種、ギョウジャニンニクの種ですか!? そうなんですね」

下谷は素っ気無い返事をしながらも、種のフレーズに強く反応した。

下谷の強欲が高まった表情を影浦は見逃さなかった。


そして影浦が下谷に語ったことは近未来予言のように的中した。

横須賀再生医療研究所によるギョウジャニンニクの乱獲および人工栽培は勢いよく開始された。

横須賀再生医療研究所は十分な資金力と情報量で先端を突き進むはずであった。しかし、現実はそういかない。開始から３ヶ月もしないうちに人工栽培したギョウジャニンニクは枯れ

始めたのである。分子生命科学者と環境科学者を大勢集め一気にギョウジャニンニクの分析と人工栽培を勢いよく進めた。研究所の財力を武器に一流の科学者が集められた。そして彼らは卓越した情報と実績を有していた。もちろん、影浦が証明したＮＮＮ投与も試した。しかし効果を発揮しなかった。

しかし、秘薬として表に出ていなかったこの植物に対しては彼らの過去の知識と科学的方法を用いた分析は役に立たなかった。

「影浦先生、隣いいですか？」

影浦が食堂で昼食をとっていると、堀田希が声をかけてきた。

「ああ、どうぞ。どうしたの？」

影浦は慌てて席をずらした。堀田は隣に座って、決心したように話し始めた。

「実は、お伝えしたい事があります……」

「どうした？」

影浦は先を促した。

「はい。下谷先生の事なんですが……」

「下谷先生……」

「はい。先々週の土曜日に、友人の結婚式で高輪パシフィックホテルに行ったのですが、そこで下谷先生が、ある方と会っているのを見ました」

堀田の話を影浦は黙って聞いていた。

「下谷先生が会っていたのは、村岡先生、横須賀再生医療研究所の准教授です」

「えっ？」

影浦はすでに下谷に懐疑心を抱いていた。そのタイミングでの情報に驚きながらも腑に落ちる感覚を得た。

「それは間違いない？　下谷が横須賀再生医療研究所の准教授と会っていた」

「間違いありません。あのテレビ会見以来、私も気になっていたので村岡先生の顔は覚えています」

堀田は、はっきり言い切った。

「…………」

「結婚式の後の二次会に行く前に、友人を待つ間ロビーの椅子に座っていたら、エレベーターから二人が降りてきたのです。下谷先生が、村岡先生を見送っていました」

「そうか……」

堀田はさらに続けた。

「下谷先生は終始、周囲を気にして、後ろを振り向いたり横を見て誰かに見られていないか用心してる様子でした。私の目撃には彼は気が付いていないと思います。二人が別れた後、下谷先生は人混みに消えていきました」

「それから最近、下谷先生を訪ねてくる、あるプロパーの回数が増えているのです」

「あるプロパー？」

影浦は、堀田の顔を見つめて言った。

「はい、Ｋメディカルの……長井二郎という人です」

「……Ｋメディカルの長井二郎、またＫメディカルか」

影浦はＫメディカルに対して嫌悪感を感じていた。

「ありがとう、堀田さん」

「いえ、先生気を付けてください。何かどす黒い巨大な化け物が先生を狙っている気がしてならないんです。とにかく私なりに情報を集めて、何かわかりましたら報告します」

堀田は目を輝かせて言った。

堀田はひそかに影浦に好意を寄せていた。


影浦はそんな思いをよそに、堀田に直感的に、危険が及ぶと感じていた。そして心の底からの忠告をした。

「私は大丈夫だから、堀田さんはあまり私の周囲のことに関わらない方がよい」

堀田の顔はくもり、小さな声を絞り出す。

「……わかりました。でも本当に気を付けてくださいね」

そう言うと堀田は席を立って行った。その後ろ姿を見ながら、

(怒らせたかな？　でも彼女が深く関わるととんでもない迷惑をかけてしまう。この予感はかなり強い)

「よし……」

影浦は何か決心したように頷き、席を立った。

自宅に戻った影浦は知夫里島の達川に電話をした。

「達川さん、ギョウジャニンニク、達川さんから教えていただいた以上にすごい代物です。私は医療に革命を起こす秘薬だと思います。そして達川さんのおっしゃる通り化学肥料や栄養素だけで繁殖しない見えない世界の影響が大きい神聖な薬草であると私も感じます。今、東京の研究所では栽培が行き詰まり、枯れ始めています。達川さんにいただいた以上の種はまだ少し残っていますが、今のうちに再度、少し回していただけますか？」

「うっ、右京、それが実は」

「どうしました？」

「実は、右京が東京に戻ってしまい、わしは相撲を取る相手がおらんようになって、ガイにさみしい思いをしちょったけん。ほいで嫁さんから老後の蓄積にって言われて、ＦＸ、ちゅうもんに手を出したがい。そしたら最初、調子よかったけんど、途中から損こきはじめて、昨今はこんことばかり頭にあったが」

「えっ、それは驚きの話ですね」

影浦は俗世間などかけらも興味を示さなかった達川がＦＸ、とかわいらしく感じ、失笑してしまった。

「それがギョウジャニンクと何か」

「ほしたら、先月からうちで群生しよったギョウジャニンクがどんどん枯れよって、ちょうど昨日、全滅しよったがや」

「うっ……」

影浦の顔は一気に曇った。

「金っちゅうもんは、中庸、中道の精神で扱わんといけん、とギョウジャニンクが教えてくれよったけん。役に立てず申し訳ないわ」

「全く気にしないでください。達川さんは勝負事は絶対に勝つ方だから大丈夫ですよ。老後の費用、取り返してくださいね」

影浦は落胆の気持ちをおさえて、冷静になり、心のそこから感謝している達川にエールを送り電話を切った。

（残った種でなんとか起死回生の一発で繁殖させるしかない、集中しよう！）

堀田の話を聞いた２週間後、偶然、影浦は下谷と長井を病院の食堂で見かける。

影浦は怪しい空気を出す二人にあえて近づいた。

下谷は見られたくない光景をみられた後のばつの悪そうな顔。一方の長井は無表情、感情を押し殺しているというより感情がない。

「はい。これは影浦先生。Kメディカルの長井です」

180センチを超える長身。眼光するどく、目を見ても感情が読み取れない。

(この男、普通じゃない、かなりディープに格闘技をしていたか、いや武道系の香りはしない、反社？　医療業者に反社……ありえないか……)

長井は愛想笑いを浮かべて、影浦に名刺を片手で差し出した。それに合わせて影浦も右手だけで名刺を受け取った。

「長井さん。下谷先生とは親しいのですか」

と探るように尋ねた。

「ええ、中学の同期だったんですよ。下谷は優秀だったのですが、私は不良だったんで、全く相手にされてませんでしたが。色々ありまして、Kメディカルの社長室付けで入社しました。そして東京明光大学のプロパー担当になり、お邪魔しているんです」

下谷は急に立ち上がり、

「影浦先生、実は先生に彼を紹介しようと、ちょうど話していたところなんです。今度、長井と話をしてやってください。彼は、こう見えて再生医療に強い意欲を持っています」

長井も立ち上がり頭を下げた。

(向学心？　情報盗むことしか考えてない、この二人)

影浦のＨＳＰが発動する。

「あっ、そういえば、影浦先生と同じで私は幼少のときに親を失っている。幼少というか私は生まれたときに親に捨てられた、施設に預けられた私生児」

「なんで私のことを知っている？　下谷先生から聞いたんですかね」

「いえ、下谷からではない。この大学に関係することになったんですよ。大学のエースと言われている影浦先生のことは、あらかじめ徹底して調べてありますよ」

薄っすら笑みを浮かべる長井。すかさず下谷が間に入る。

「やめないか、そんなプライベートな話」

「なにが悪い？」

下谷に長井は突っかかる。

影浦は徐々に気分が悪くなっていく。ＨＳＰの特徴だが、言ってることと思っていることが全く違う会話が続くと一気に具合が悪くなる。

影浦は、無言で会釈がわりに右手をあげ、実験室に戻っていった。残った二人が、ひそひそと声を落として話しだしたのを影浦はチラッと見た。

（この二人、私の部屋に盗聴器をつけているのか、達川さんとの会話が二人に筒抜けの気がする。）

魑魅魍魎《ちみもうりょう》の空気、影浦は酷い頭痛に襲われ、二人に対しての詮索の思考を止めた。

（長井、私生児か……。私は11歳から自立を余儀なくされたが、彼は生まれたときから、こんなに心がすさんでしまうほどひどい生活だったんだろう。とはいえ、人生の不遇を跳ね返し大義に燃えて大きい仕事をするか、人間のくずになってしまうかは、自分自身の問題。環境を恨むことはできない）

右京の父親は、右京が母親のお腹にいるときに亡くなっていた。母親しずえは女手一つで10歳まで育てたが、右京の11歳の誕生日の前日、クモ膜下出血で急死した。

その後伯母の家で育てられた影浦は、頼れる者は自分以外にいないとひたすら己を強くすることに集中した。

10歳で空手をはじめ、ジークンドーとブラジリアン柔術を並行して習いマスターしていった。同時に自律訓練法でコントロール自在になった精神力も伴い、空手は大学時代には北部九州個人優勝、全日本インカレベスト8の実力にまでなっている。

同時に武道の基盤となる武士道精神、古神道的感覚も空手の指導者から叩き込まれてきた。

その影響が非常に強く、日本の伝統、和の文化にも崇敬の念と情報収集を続けてきた。アイヌ神話やアイヌ文化、さらにアイヌ漢方医療に強く惹かれていくのも幼少時代の武道家の指導の影響が大きかった。

医師として活動するようになっても、日本伝承療法である和鍼《わしん》、和漢、特にアイヌ漢方には惹かれるものがあり、情報収集を継続していた。

知夫里島でギョウジャニンニクとの出会いを得たが、アニミズムの感性なくしてこの植物を育成することはできない。それを達川の教えと同時に直感的に感じていた。これら伝承療法を先進医療と結びつける和合医療という言葉の提唱を日本で初めて実施したのは、後の影浦右京だった。

影浦の考える伝承療法と先端医学の和合医療の基盤は空手道であり、また知夫里島での達川から教わった相撲道であった。

「影浦先生。わかりやすく和合医療について説いていただけませんか？」

という質問には、若手の研究員に知ってもらいたいテーマということもあり、熱く語ることが多かった。

「和合医療。現在の医療は西洋医学が中心で、症状・病気に対して検査し、手術・薬などを使用している。それに対して、補完代替医療という考え方がある。これは西洋医学以外の治療法、漢方やチベット医療などの伝統医療、ホメオパシーなどの治療を総称するもので、この二つを合わせて治療するのが統合医療の考え方だった。外国、欧米では研究が進んでいる。日本でもようやく厚生労働省が動き、研究が始まっている。再生医療という先端科学とギョウジャニンニクという天然薬草のドッキング、コラボレーション。さらに医療哲学として健康の神を外に置かず内に置くというシャーマニズムを含む。この日本人的多神教観、古神道からくる日本人の霊性をよりどころにして各種医療を統合する、これこそが和合医療なんです。日本にも江戸時代まで継承された深淵なる日本固有の伝承療法が多々あります。これらを掘り起こし先進医療と和合させることで医療の質は飛躍的に進化すると思います。そして、これらを具現化し、医療を一気に進化させる秘密兵器、それがエクソソームなのです。先進医療と伝承医療法が和合して生み出される〝温故知新〟医療の集大成なのです」

「いやー、影浦先生の話は実に興味深いです。伝承療法には興味が無かったけど、ギョウジャニンニクにはシャーマニズムまで関係していたんですね」

若手の研究員や研修医からは、怪しいから〝妖しい〟への変遷、自然薬への見方が変わった！　と絶賛の声が上がっていた。

「日本にも伝承療法があったんだ」

「そうです。アイヌ漢方もあり、アイヌの人達は今でも薬草を利用しています。中国には中医師、韓国には韓医師というのが別に国家試験としてあり、ある意味西洋医師より尊敬されています」

「それじゃ、和医師というのができてもいいですね」

どこからか声がした。

「和医師、いいですね。昔ながらの和の心を基軸に据えた医師」

影浦は頷きながら話した。


22時、影浦はギョウジャニンニクの栽培状況を確認しに栽培室に向かった。すでに半分が枯れていたが、残りの半分に異常がないことを確認し、また机にしまっている種を自宅に移動しようと思っていた。誰もいない部屋に入り、電気のスイッチを手さぐりにしていた瞬間、カタッ！　と影浦の机の下に人影が現れた。男が机の下に潜んでいた。

「誰だ！」

影浦が大声で叫ぶと、男は慌てて逃げ出した。

「待て！」

影浦は慌てて男を追いかけた。学生時代の空手、ジークンドー、ブラジリアン柔術に加え、知夫里島での相撲漬けの生活、さらに診療と研究の合間には常に身体を鍛えぬいていた。島の生活で運動能力が高まり、毎日の四股踏みも欠かさなかった、戦う感性と体力を増進していた。男に追い付き右肩を掴む。

「おっと！」

男は慌てて腕を避けた。その横を光るものが通り過ぎた。ナイフだ。男は影浦の方に向き直りじりじりと迫ってきた。その右腕にはナイフが握られていた。しかし真っ暗でよく見えない。

「…………」

「…………」

相手は、かなりの大男、お互い無言で対峙していた。1分が1時間にも感じられる緊迫した状況が続いた。

（なんだこいつの殺気は、ただもんではない）

1分、男が痺れを切らして、突っ込んできた。目は暗視野に切り替えがかかった。影浦は目にとまらぬスピードで、ナイフを持っている相手の腕を外受けで弾く。

ガチ！

影浦は男の右手首を左前褌を取る要領で掴み、左腕を抱え込み、組みとめた。男は身動きが取れなくなった。影浦は、左手を絞った。

カラン！

男の右手からナイフが落ちた。その瞬間、影浦は左小手投げを打った。

ドガッ！

男は仰向けに床に叩きつけられた。影浦は、さらに正拳突きを鳩尾《みぞおち》に入れた。

「ウグッ……」

男は呻き声を漏らした。しかし、男はゆっくりと立ち上がり、手負い熊の如く狂ったような声を出す。

「うりゃー」

やくざの脅しのように声を張り上げ、机を軽々と持ち上げすごい勢いで突進してくる。

「ううりゃー！」

男は机を投げるも、反転して影浦は避ける。さらに、

「シュ～！」

男はそう叫ぶと、いきなり右回し蹴りを喰らわしてきた。影浦は一瞬踏み込んで避け、男に跳び付こうとした。しかし、男が続いて左後ろ回し蹴りを繰り出したために、慌てて横に飛び退いた。知夫里島での達川の竹刀による特訓成果のおかげで、蹴り、突きともに相手よりも圧倒的に早く動く。そして至近距離からジークンドーで鍛えたワンインチパンチをくり出した。人差し指一本分の距離から拳を相手の顎にねじ込む。腰の捻りと地を固く捕えた足から吸い上げる大地の気を拳に伝える。

「うおー……」

男はくぐもった声で呟いた。顎を確実に捕えたパンチは、普通なら顎を砕き倒す。しかし、

男は倒れるどころかさらに勢いを増した。

プシュー！

口に溜まった血を吐き出した。男にはさらなる殺気が全身から滲み出ていた。

影浦は意を決し、跳びこんだ。その瞬間、男はポケットに潜ませていたスプレーを影浦に吹き掛けた。

「ウッ！」

目に激痛が走り前が見えない。唐辛子スプレー。

ボコ！

という激しい音とともに影浦の左腕に激痛が走った。男は右回し蹴りをおもむろに繰り出し、影浦の左肩にヒットさせたのだ。

(これは外れたな……)

影浦は視界を奪われかつ左手が全く利かない。

(接近戦しかない)

影浦は、右腕で相手に突っ張りを喰らわせた。男は後ろに飛び退いて避けようとした。

影浦はさらに踏み込み、右腕を腰にまわし男を捕まえると同時に、右すくい投げを喰らわせた。しかし男は倒れず踏みとどまった。すかさず呼び戻す。別名いぞり、横文字でバックドロップだ。師匠達川の得意技だった。知夫里島の相撲大会で最後に喰らった大技を体が覚えていたのだった。

ズダーン！

大音響とともに男は床に叩きつけられて動かなくなった。

「はー、はー」

影浦は息を切らしたが、呼吸を整え、倒れている男の顔を確認する。しかし視界が戻らず全く顔を確認できない。

「…………」

影浦が、目頭を押さえて視力を回復させようとした瞬間、男は体勢を整え直し、そして韋駄天《いだてん》のような勢いで一目散に走って逃げだした。

「待て！」

と影浦は発するものの、久しぶりの激しい動き、左腕の激痛、足はすでに全く動かず、追いかけるエネルギーは全く残っていなかった。

「くそ〜、やっぱり脱臼してるな！」

左腕を右手で思い切り引張るや、激痛が走る。そして次の瞬間、
ガチン！

という音とともに腕は元の位置に整復された。影浦は達川実から柔道整復の術も習っていたのだ。徐々に目の痛みがひき視界が戻る。

被害はないかと左腕に残る痛みを我慢しながら、机を確認した。すると机の鍵が壊され、中にあった種と栽培に関するすべてのレシピはもぬけの殻だった。

「まずい！　やられた……」

ギョウジャニンニクに関しての複雑な栽培エキスの成分表は再現できるが、種がない、達川からも回ってこない、止まっている研究、枯れていく原材料、復元に大きすぎる痛手。

影浦は自ら栽培してすりつぶして持ち歩いていたギョウジャニンニクをなめながら警察を待った。

1時間後、警察が到着した。

「負傷されているところ、すみませんが、状況を教えて下さい」

影浦は事情聴取を受け警察にすべてを語った。そして簡単な警察の状況確認が実施された。

「影浦さん、暴漢は手袋をして指紋は全くなく手掛かりがつかめない。かつ各部屋の鍵が壊された跡がない。これは……」

結局、警察は、

「内部の人間の犯行ではないか？　現金は盗まれておらず単に植物の栽培方法と種子の盗難。あなたの怪我が酷いなら、傷害で犯人を捜すことになりますが、刑事事件の決着は時間かかりますよ」

「こんなに外傷酷くても傷害事件にならないですか？」

「いやいや、あなた、怪我ほとんどないじゃないですか？」

「脱臼しましたし、目も」

「でも外来に行ってないらしいじゃないですか」

「ある植物を摂るようになってから、怪我の回復が人の10倍くらい早いんです。医療を受ける必要はない。しかしその種を盗まれたんです。なんとか犯人探しをしてもらえませんか？」

「あなたね、怪我の回復が10倍早く、もう治った？　救命科の医師と聞きましたが、精神科にした方がいいんじゃないですか？　患者さんとして」

「同僚から植物の種子。単なる嫌がらせ程度でしょ」

影浦は、自分の主張が聞き入れられず、精神科と言われたところで幼少時のトラウマがフラッシュバックした。

そしてナルコレプシー（睡眠発作症）の癖が出て両手の力が抜けてしまう。精神的に興奮すると、脱力発作が起きるのだ。影浦は突然、膝の力が抜けその場にへたり込む。

「仮病はやめてくださいよ。医者なんだから」

影浦にはさらなるトラウマの仮病という単語が飛び出し会話ができなくなった。

（……。左腕の脱臼以外怪我はなし。左腕も整復してすでにほぼ痛みはない。しかし、種は痛

い……。完全に内部の者だが、あれだけ格闘慣れした、しかも殺気を出せる人間なんて)

影浦は、考え込んだ。

(180センチは優にこえる大男)

翌日、警備強化の話が理事会で検討されたが、大学側の対応では何も決まらなかった。

事件の翌々日、

「影浦先生」

急に慌てて下谷が飛び込んできた。

「先生、大変だったみたいですね」

「なんとかね……」

「こんなときに申し訳ないんですが……、実はギョウジャニンニクが全滅しました」

「なにっ、全滅」

影浦は慌てて医局を跳び出して栽培室へ向かった。

影浦は無言で栽培室の枯れたギョウジャニンニクを眺めていた。すべて枯れていた。

「たった2日で全滅か。かなり魑魅魍魎、おどろおどろしい輩が栽培に関わったな」

(頼りはアイヌのシャーマン、アシリレラさんだけだ)

「申し訳ありません」

影浦は、守山教授に状況を報告していた。

「うーん、困ったね……。どうする？」

「はい、現時点ではお手上げです。プロジェクトを先に進めることはできません。無念です」

影浦は苦渋の表情を浮かべて答えた。

「そうか……」

守山も同じ研究者として影浦の気持ちが痛い程わかっていた。

「教授、私に少し時間をいただけませんか？　先日の事件のこともあり、少し心身を休ませたいんです」

「君は今年に入って、1日も休みを取ってない。労基もあるからね、1週間ほど休んだらいいよ。現場はなんとかしておくから」

守山は優しく声をかけた。

「申し訳ありません。ありがとうございます」

影浦は、便りを受け取っているはずのアシリレラさんのもとを訪れたいと考えていた。

そこは平取町、二風谷《にぶたに》。アイヌ民族の聖地の一つだった。相撲の師匠達川から、「ギョウジャニンニクの栽培の真のエッセンスは、アイヌ人にしかわからない。しかもシャーマンでなければ」と聞いていた。

盗まれた情報に記載されていた培養液のレシピと種を入手したとしても、ギョウジャニンニクが人のメンタルに過敏に反応する生命体ならば、物理的な問題ではないと影浦は直感的に達川の情報に確信を持っていた。

今回のギョウジャニンニクが全滅したのも、北海道の再生医療研究所での栽培がうまくいかないのも、扱っている組織、担当者の邪心が原因。ならば彼らでは絶対に栽培に成功することはないなと思わず影浦は失笑する。

研究で行き詰っている問題の解決策はアシリレラさんが知っているはずだと影浦は強く思った。

「アイヌの秘伝の情報は、知夫里島には残されていない。アイヌにしかない。アイヌ神話を語り継ぐ、語り部にしかわからない」

影浦は達川からの情報と自分の直感を信じて、アイヌの人々の所に行くことを決めたのだった。

第９章 旅立ち

影浦はアイヌに行く前日、診療を終えて医局で旅の計画を練っていた。そこに堀田希が勢いよく飛び込んできた。

「影浦先生。Ｋメディカルと横須賀再生医療研究所と一部の役人、政治家が絡んでいるかもしれません！」

「うぉ、いきなり部屋に飛び込んできて、何を言い出すの！　深入りはしないように注意したよ」

影浦は呆れ顔で言う。しかし堀田はひるまない。

「影浦先生、Ｋメディカルと横須賀再生医療研究所の関係がわかったんです。私を味方にしたら強いですよ！」

堀田は、探偵をしている従兄弟に調査を依頼していた。その結果が届いたのだ。

『横須賀再生医療研究所を設立するときに、元厚生労働省の役人で、現在与党の民生党本田靖幹事長が関わっていた。その弟の本田清治がKメディカルの社長をしている。国からの許認可は兄の本田靖が、資金は弟の本田清治が担当しているらしい』

「医療と金、そして政治か……」

影浦は考え込んだ。

(一体なにが先進各国を、そして日本のメンタリティをおかしくしてしまったのか……)

そのとき、影浦の心にある単語が浮かんだ。

『武士道精神の喪失』

それは師匠、達川実の言葉を借りればそうなる。何かにつけ、日本人の規範であった精神、武士道について話を聞かされた。

「今は豊かになり、西洋の個人主義が中心だが、日本人の和の心は、武士道からきている。相手への配慮、慈悲の精神、そしてなにより『神は我がうちにあり』という感性。

『神は、一神教観では外にいて人と分離されている。一方の武士道、多神教観では内にあり』となる。健康の神も我が内にあり。競合ではなく共生、これが人が本来あるべき生き様だ」

「影浦先生、これから予定入っていますか？　できればじっくりお話しをしたいんです」

影浦は、堀田の声に我に戻った。

「あっ、今から教授に挨拶に行ったら、帰宅して荷詰めをするだけなんで大丈夫だよ。軽く食事にでも行こうか？」

「えっ、いいんですか？　嬉しいです！」

堀田は顔を赤らめて言った。

「もう少しKのことも聞きたいしね。じゃあ、２時間後に品川駅の時計台の前で、大丈夫？」

「大丈夫です。それまでにさらに情報ないか、従兄に確認しておきます！」

堀田は、笑顔で出ていった。


「影浦君、実は……」

守山が神妙な顔。一拍置いて、

「研究の件なんだが、あの事件以来頓挫している。その状況を何とか復活させる目的もあり、昨日理事会があって……。エクソソームの研究が、横須賀再生医療研究所との共同になる事が決まったんだよ……」

「えっ！」

影浦は驚いて、思わず声をあげる。

「どういう事ですか？」

影浦は、守山教授に質問する。

「君も知っての通り、今や大学も研究費を捻出するのが大変なんだ。色々な所に働きかけて捻出していたが、かなり厳しくなってきた。胸部外科の佐久間教授が、『学内全体で取り組む必要がある』と言い出したんだ。さらにギョウジャニンニクに栽培の再現性がないことがわかり、安定した新技術には程遠いという判断が出てしまった」

「…………」

守山のライバルだった胸部外科の佐久間吾郎教授は、理事会でこう提案した。

「今や、エクソソーム研究は国家レベルのミッション。当大学も遅れを取ってはだめだ。そこで私が提案したいのは、横須賀再生医療研究所との共同研究。触媒は天然素材ではなく、化学触媒にする意見が大半を占めてしまった」

佐久間教授の提案は決定された。

「そう……ですか。しょうがないですね。今後も研究ができないわけではないですから……」

影浦は、釈然としなかった。

「影浦君、すまない。実は、まだ話さなければならない事があるんだ……」

「言いにくいんだが……。横須賀再生医療研究所との共同研究で、当教室の代表が下谷君になってしまった……」

影浦は言い淀んだ。そして守山教授に感情を押し殺して質問をする。

「……………というのは？」

「佐久間教授が言うには、『このプロジェクトには国の認可が必要で、本田靖幹事長経由でOKが出ている』と、資金協力の中心がKメディカルなんだ。影浦君はKメディカルと色々あったから、外せと圧力が掛かったようで……」

「……そうですか。で、私は完全に外されるということですね」

影浦は、研究を途中で投げ出すのが嫌ではあったが、直感が走った。

(ギョウジャニンニクの栽培はいったん頓挫している。またKメディカルが関与したということは、このミッションは逆にまた近い将来行き詰る……ギョウジャニンニクが安定していないもののエクソソームに劇的に効果をだしたということは、ギョウジャニンニクの植物細胞自体が、精神性が低い者や組織には手が及ばない世界。拝金合理主義の権化の輩に扱える世界ではない……)

「大丈夫だよ。私が責任を持って続けられるようにする」

守山教授は、せめて研究の継続を、力強く言い放った。同時に影浦はその言葉が単なる気休めであることを読み取った。

「私は降りることに関しては、全く構いません。あとは下谷先生にすべてお任せいたします」

その折、ちょうど下谷が教授室に入ってきた。顔は若干青ざめ、一瞬会ってはならない者と遭遇した空気を出したが、影浦の前に立ち、

「影浦先生。妙な事になりすみません」

下谷が額に汗をかきながら影浦に軽く会釈した。

「いや、気にしないで、下谷先生。私は代表なんて柄ではないので、研究に関しては出直す

よ」

影浦は気にするなと言わんばかりに、下谷の背中を叩いた。

「ゴホ、ゴホ……、先生酷いですよ」

下谷は咽込《むせこ》んだ。

「体を鍛えた方がいいね！」

影浦は笑いながらそう言い、怒りの念を押し殺していた。押忍《おす》の精神で。

「先生、ギョウジャニンニクとエクソソームの内容成分の安定化はＮＮと化学触媒で成功させます。あとはお任せください」

勝ち誇ったように言う下谷。

影浦は黙ってその場を立ち去る。

（化学触媒は違うだろう。ギョウジャニンニクは受け入れない……）


守山は下谷に秘かに依頼した。

「胸部外科や横須賀再生医療研究所の村岡保准教授も参画した中、いきなり下谷君の指導にかかっている。結果を出してくれよ」

一旦全滅したギョウジャニンニクの成分分析から化学薬剤としての触媒の調合を考案、起死回生のエクソソーム培養液のレシピを下谷が短時間でつくりあげたのだ。そして研究再開に向け科学研究費も捻出させ、研究は新しい流れで動き出そうとしていた。

そこに守山研究チームから参加したのが酒田だった。

酒田は守山の教室にすでに十年所属するベテランだ。彼は以前、村岡の部下だった。守山教室からは下谷と酒田が抜け、村岡のチームに酒田が合流した。


影浦は歩きながら念仏のように『押忍』を繰り返した。

押忍の精神とは、空手道部時代に先輩から叩き込まれた精神。

知夫里島を去る日、舟で達川が伴走した際に、タオルに書き込まれていた単語『押忍』。この言葉は影浦にとっての心の柱であった。


堪え難きを耐え、忍び難きを忍び、押さば忍せ（おせ）、引かば忍せ（おせ）。

是すなわち自己滅却、押忍の精神也。

いかに険しい道あれど踏み越えてぞいかん。


影浦は希を港南口の行きつけの屋台村に連れていった。

「堀田さんごめんね、こんな汚い店で。私はこじゃれた店は苦手なんだよ」

「いえ、先生らしくて素敵。なんか昭和な感じの店で面白いです」

「堀田さんは飲めるのかな？　なんにする？」

「あっ、私は下戸《げこ》なんです。ごめんなさい、つまらない女で。ウーロン茶お願いします」

顔を赤らめながら下を向く堀田。影浦は少し残念そうにしながら笑みを浮かべ、

「遺伝子的に飲めないのかな？　私が将来、ウイルスベクター治療で飲めるようにしようか？」

「そうなったら嬉しいです！　みんなが集まる会でいつもお酒が飲める方が、羨ましく思ってました」

「まあ、確かに私がお酒を飲めなかったら、今頃、蔵が建ってるよ、ハッハッ」

「わっ、先生、蔵が建つ？　古ーい。それにウイルスベクターで生まれつき変化しない遺伝子を変えるなんて、自然の摂理に反するとその反動がきますよ」

「エクソソーム！　遺伝子に人為的に操作を入れているところに今回の一連の問題の核心があると思う。私はギョウジャニンニクだけの創薬のために作用機序の解明、遺伝がコロコロ変わるエピジェネティック（DNAの塩基配列を変えずに細胞が遺伝子の働きを制御する仕組み）を扱うものに答えがあると思うんだよね」

「ところで」

と切り出した堀田の顔が険しくなった。そして、

「影浦先生。下谷の行動が完全に見えたんです」

影浦は、真剣な顔に変わった。

「実は……」

と従兄弟の探偵からの情報を話し始めた。

「本田靖、清治兄弟がかなり際どい状況で動いているようです。研究、バイオベンチャーを利用して資金調達に必死に動いている」

堀田は眉間にしわを寄せて話し続けた。

「それから、本田兄弟にはすごい黒い過去があったんです。株主に暴力団が入り込んでいたため、その暴力団との関係を消すために大金を積んで株を買い戻したんです。でもその後も暴力団との裏での関係は続いている。それどころか兄の靖は10代のころ、テキ屋をしていた。さらに暴力団の中でも知能犯の参謀をしていた組員や武装部隊も社員に抱えてるって、こんな究極の組織だったんです！」

「そこまで……」

影浦は唸った。

「現役の知能犯暴力団、長は社員の長井、先生の周りをちょろちょろしてる彼ですよ。人相も雰囲気も普通じゃないですもんね」

「……」

影浦には医局で襲われたときの映像がよみがえった。相手は素人ではなかった。あの殺気、相手を倒すことへの執念。あれは長井だ。しかもKメディカル自体がほぼ暴力団そのもの。

これは実に面倒なことになっている。大学病院の研究にまでその世界が入り込んでいるのか。暴対法のマイナスの影響で、一般社会に思い切り入り込んでくるケースが増えている、とは聞いていたが、まさか医学部教育機関にまでとは。社会的には体裁を整えた反社組織に雇われる医者、科学者までも出ている。長井は情報の盗み役、それを下谷が利用し、知財と事業計画書を発表した。

もともと下谷は酒田を通じて横須賀再生医療研究所とつながっていた。今回は情報を二人で村岡に垂れ流し、特許の横取り、論文発表、さらに科学研究費を取り付けた。その一人が酒田だった。

すべてがつながり、影浦には大義に基づく義の精神、感情の高ぶりを抑えることができない。

「先生。私、従兄弟だけには任せておけないんです。私も明日からの北海道に付いて行きます」

堀田は熱くなるタイプだった。28歳、はっきりものを語り、裏表がないがとても古風で清楚、女優の清野菜名似だ。

（この人は完全に味方だ。しかし巻き込んではいけない。我々はかなりまずい組織を敵に回している……）

「堀田さん、なんで私の明日からの行き先、休暇を知ってるの？」

頬を紅潮させた堀田は、

「ごめんなさい。医局の秘書のまなみちゃんとは親しくて、先生のお休みのこと聞いてしまったんです。それで私も職場にお休みの届け出を出していて……」

堀田は、一瞬躊躇したが、

「これっ、極秘ミッションだよ。まなみさんには、くれぐれも誰にも言わないように伝えたんだが、女性は口が軽いからな」

「ごめんなさい、まなみちゃんからは行き先は言えないと言われたの。でも繰り返し懇願してしまい。迷惑なら……。でも先生の役に立ちたいです！」

堀田は、意を決して言った。

「いや……。それはめちゃくちゃ嬉しいけど。かなり辺鄙《へんぴ》な北海道の密林地帯に行くんだよ。クマが出るかもしれないし、それに変な輩もうろついているし、私の周辺は今、危険度は紛争地帯並みだ」

「先生、大丈夫。心配しないで。私こう見えても大学時代、少林寺拳法部で主将をしていたの。クマが出たら私が戦うわ」

「すごい、見た目とのギャップ！　アクティブなんだね！」

「医療革命は、先生にしか起こせません。それに何か偉業をなす守護霊みたいなのが、いる気がするんです。何より先生は繊細なのに行動が過激、見守る存在が要るに違いないわ。私もその一人になりたいなって」

影浦には堀田との会話がひたすら心地よく感じられた。そして、そんな堀田に惹かれている自分がいることに気づいた。


「影浦先生、最近でいうＨＳＰだと思うんです。ハイリー・センシティブ・パーソン。時として感性がとても鋭いんです。でもそれが時として自分を苦しめることがある」

「えっ、ＨＳＰね。よく見てるね。幼少時はＨＳＰの傾向が強すぎて、何もかも怖くてしょうがなかった。弱くて繊細過ぎる自分がいやで、ひたすら自分を強くしたいと思って身体を鍛えてきたんだよ」

「私、先生がＨＳＰだということを会ったときから感じています。でも先生はそれを人に見せないことが上手。外向型ＨＳＰだから周囲の方は気がつかない。私のような内向型ＨＳＰにはすぐに見抜けちゃうけど」

「えっ、堀田さん人と会話をしていると疲れてしまう？　光や騒音が苦手？　暴力的なテレビのシーンをみると怖くて消してしまう？」

「いいえ、すべてあてはまりません」

「うー。診断はＨＳＰじゃないよ」

影浦は、堀田の思いが映像で見えたことがある。いつも天使や小人と自分自身が楽しそうに遊んでいるものだった。それが影浦には楽しく、癒しになっていた。

「あれっ、少し自己分析が間違ってますかね？」

頬を赤くしながらも堀田は続けた。

「でも私は影浦先生を医学者としても人としても、本当に尊敬しているし、何より男性として好きです」


「ごほっ、ごほっ」

影浦は飲みかけていたビールを噴出した。

突然、堀田を意識して赤面し、急に黙ってしまった影浦に、

「やだ！　最後のは冗談ですよ！　案外シャイなんですね」

落胆する影浦の横で、堀田はクスクス笑う。その笑顔は赤ちゃんを見つめる母親のように穏やかだった。

（この人、ＨＳＰなのに、女心にまるで鈍感なんだ）

影浦は、心の中で呟いた。

（ＨＳＰには堀田希のような空想癖のある天真爛漫な人が合うな）

【補足：ＨＳＰ・ＨＳＣとは】

ＨＳＰの研究者であるアーロン博士によると、ＨＳＰとは、感受性が極めて強い、繊細な人のこと。ＨＳＰ気質は、人口の約20％もの割合に当てはまる生まれつきの特性であり、障害や病気ではない。ＨＳＣはその子供版である。

ＨＳＰはHighly Sensitive Person. ＨＳＣはHighly Sensitive Children の略。

ＨＳＰは、相手の動きや表情から他者の感情を敏感に察知したり、物音など周囲の環境が気になったりするため、疲れやすくまた恐怖感や不安感が強い。また、ＨＳＰでない人から「怖がり」「神経質」などと思われやすい。

特に子供の場合、自己否定感が強く、身体症状が出ることも多い。また自分の弱さに対してのコンプレックスが強い。

アーロン博士によると、内向的な性格のＨＳＰもいるが、ＨＳＰの30％は外向的なタイプ。内向型ＨＳＣが武道やある種の訓練で外向型ＨＳＰになると考えられる。

この外向的なＨＳＰには、ＨＳＳ（High Sensation Seeking：刺激追求型）がいる。

ＨＳＳ型ＨＳＰは、刺激を求めて外界に向かうけれども、外界で得た刺激によって疲れてしまう……という「矛盾した特性」を持っている。ＨＳＰには二つの種類があり、影浦は典型的ＨＳＳ型ＨＳＰといえる。

第10章 祈祷と形霊

次の日、影浦は新千歳空港に降り立った。達川実から教えてもらったギョウジャニンニクの本質はアイヌのシャーマンにしかわからない。今、日本にいるアイヌのシャーマンの中で最も能力があるシャーマンは、アシリレラ。知夫里島にいたときに達川からもらったアシリレラの住所宛に手紙を送付していた。返事はなかったが、シャーマンは神通力もあると聞く。影浦は大義に基づく依頼は必ずやシャーマンに通じるだろうとの信念でアシリレラからの返事がないまま直接の訪問を決めたのだ。

9月初旬とはいえ今年の千歳はまだ真夏。気温は32度もあった。そして、横には堀田希がいた。彼女は麦わら帽子に短パン。透き通る色白の素足を見せていた。身長155センチ、小柄ながらも豊満なバスト。

飛行機では離れて座っていた二人だが、空港で合流して以来、影浦は希の胸元と、健康感がありながらセクシーな太ももが気になってしかたがない。

清楚な感じと服装のギャップに影浦は心の動悸を抑えることができない。

新千歳空港からのＪＲでの移動は横並び。影浦は今から行くアイヌの神話、アシリレラのこと、達川実のことを語った。初々しいカップルの新婚旅行の雰囲気だ。しかし、緊張したことで影浦の持病であるナルコレプシーが出てしまう。電車や車に揺られ睡眠発作に襲われ寝てしまう。


「かあさん……」

列車の中で影浦は亡くなった母親の夢を見ていた。

「僕はどうしたら、かあさんを救えたの？」

しずえが優しく右京に微笑む。

「症状や臓器しか見ない医者が多いわね。医学の世界は権力、名誉欲に凝り固まっている方が多い。さらに研究費に絡む金銭の世界はどろどろ。純粋に医療、研究に取り組んでいる立派な医者もいる。あなたは後者であり、ひたすら自分の道を突き進んでいる。大丈夫、そのまま走り続けなさい」

「でも、どうしたらかあさんを救えたの？」

影浦は、繰り返した。しずえは、答えてくれない。

「かあさん！」

日高門前駅に着き、影浦は目を覚ました。

「影浦先生は大きな赤ちゃんみたいですね！」

堀田が笑って言った。

「えっ、寝言言ってた？」

影浦は慌てて聞き返した。

「いいえ、すやすや寝ていましたよ」

堀田は笑みを浮かべて優しく言った。

「ごめんなさい、私はナルコレプシーでね。プライベートで一緒にいる人には、かなり呆れられてしまうんだ」

影浦には、遺伝子的に他の人間に比べて１２００倍の確率でナルコレプシーという病気になりやすい。幼少期からのサイキックな声との対話、異常に高い暗記力、夜な夜な起こる金縛り、睡眠後に飛び起きて白目をむいて叫ぶ夜驚症は、すべてナルコレプシーという病気の仕業だった。


【ナルコレプシーとは】

〈原因〉

脳の中にあるヒポクレチン（オレキシン）を作り出す神経細胞が働かなくなることによって

起こる。Ａ群連鎖球菌咽頭炎やインフルエンザ、他の冬期の感染症が自己免疫過程に影響することにより、数ヶ月後にナルコレプシーが生じる可能性もある。

　また、ＨＬＡ遺伝子による遺伝子病であることが最近わかった。

〈症状〉

　少なくとも3ヶ月間のうち、週に最低3回我慢できないほどの眠気に襲われ、眠り込んでしまう。「情動脱力発作」を伴い、笑ったり怒ったり恐怖を感じたりするなどといった強い感情の動きがあったときに、力が抜けて頭がぐらぐらしたり、ろれつが回らなくなったりする。重度の場合は眠気により記憶や意識がなくなり、朦朧とした状態になる。入眠時に意識ははっきりとあるのに体を動かすことができない睡眠麻痺（金縛り）が現れる。入眠前や覚醒直後に幽霊を見たり、幻聴、幻覚を見ることが多い。また、夜間に目が覚めやすく、熟眠感が得られない夜間熟眠障害が起こる事もある。


「お母さんは、さぞかし幼少期の先生の事を心配していたでしょうね」

　堀田がそう言うと、

「そうだね。いつも悲しげな顔をして私を見てたんで、母親を安心させることばかり気を遣ってた。でもそんな母親を救うことはできなかった。それどころか、倒れたとき見捨ててしまった。私がどれだけ多くの人を救おうとも、救い切れない深い罪を背負っているんだ……」

影浦は下を向き、長年引きずるトラウマを吐露した。

「それって酷い思い込みだと思います。お母さんは、最愛の息子がそんな風に思い、それを引きずり続けていることを知ったら、どれだけ悲しむかしら……」

希は子供を説教する母親のような語り口。

「先生は立派に人のために生き抜いている！　何も引け目を感じることなんてない！」

「こんな辛気臭い話、他人に初めてしゃべっちゃったよ……。なんか希ちゃんには、話してしまう……」

「嬉しい！　私にだけ話してくれたなんて、それに希ちゃんって呼んでくれた」

「あっ、ごめんね、馴れ馴れしく。女性との会話は苦手なんだよ」

「えっ、先生、彼女いないんですか？　仕事熱心な医者だし、一途だし、女性にモテてきたでしょ？」

希は、まじまじと影浦の顔を見て言った。

「全然だよ。医療のこと以外頭が回らない。ＨＳＰの特徴かな……たまに寄ってくる看護師さんも、医師という職業と収入にしか興味がない。女性と食事に行っても医療の話ししかしないし、研究に入ってから何より女性と飲み合う時間がもったいないと感じていたから最悪だよね。二人でいると相手の心が見えてしまうんだ。見栄、妬み、恨み、やっかみ、怒りなど否定的な思いばかり見えてしまって苦しくなってしまうんだよ」

「やだ、私の心も読まれてたの？」

「うーん、希ちゃんは天使と草原と大海原とかのイメージがほとんど。私と会っているときも仕事しているときも。ネガティブな感情は全くないし、それってすごいことだと思う」

「やだっ、私に空想癖があること気づいていたんですか？　空想癖─私にとってはコンプレックスで……人とのコミュニケーションが取りづらい最大の原因なんです。今では私の一部になってしまったけど……」

希は真っ赤になった。

「それにしても影浦先生、人の心が読めてしまう、それってつらくないですか」

「つらいよ。だから極力読まないようにしている。患者さんの気持ちだけに集中してるんだ。患者さんに集中していると長年のつらさが伝わってきて心の痛みを感じるけど、それを解消してやるぞ、と闘志が沸いてくる」

希は優しく笑った。影浦は話を心底聞いてくれる同志を見つけたように会話のテンポが速くなる。

「医者で趣味が無いやつ、たまにいるけど、皆、私と同じ、完全にワーカホリック（仕事中毒）なんだ。ほぼ病院を棲み家として居続ける。治せない病気や副作用が強い薬の代わりとなる薬を作ったり、特殊な治療法をひたすら生み出すことばかり考えている。大半の医者はそうじゃないけど私と同様の医学者も少なからずいる。そういう奴は皆、女性から見ると魅力がないと思うよ」

「それは誤解！　でも先生がときに赤ちゃんに見えるのは、そういう気質だからなのかな？　私から見たらとても魅力的。絶対に守りたいって思っちゃう」

希は合点がいったように話した。

「…………」

希は自分のことも聞かれて、答え、徐々に恋愛話になっていく期待感を抱いた。

「先生のタイプの女性はどんな方なんですか？」

「…………」

ふと横を見ると影浦は再び会話の興奮と動き出した電車の揺れで眠りに落ちていた。

希は、車窓の景色に目を向けながら、小さくため息をついた。

【影浦の医学的観点からの特徴】

影浦は母親を早くに失い伯母に引き取られる。そして伯母からはナルコレプシーの特徴である金縛りが解けかかる際に、夜間の叫び（夜驚症）や小学5年生まで続いた夜尿症でいつも叱責され続けた。自己否定感はその折、完璧に形成された。中学に入り、自律訓練と剣道の激しい稽古で徐々に自分の弱さを克服し始めたが、成績がクラスで一番になろうとも剣道部の主将に選ばれようとも、自分に対しての自信がつくことはなかった。そして常に自己探求と自己の成長、昇華に意識が向いている。影浦と同様にＨＳＰの傾向がある日本人は約２０００万人。ナルコレプシーは遺伝子病だが、その遺伝子を持っている日本人は約８００万人と言われている。

「次は平川駅」

再び列車のスピードが落ちたところで、影浦は再び目を覚ました。駅を降りるとほぼ１８０度に展開する大海原。深い山と大海原のコントラストに二人は度肝を抜かれる。海の深い青さ、山の緑の深さ、空の透明感、海と空の切れ目が見極められない青の美。

「ラピスラズーリ」

影浦は思わず呟いた。

影浦はチベット医療の視察に行った際、シルクロードでイランからチベットに持ち込まれたラピスラズリの原石を見たときの感動を思い出した。自然界がもたらす美しさは人智をはるかに超える。

「自然は偉大だ。ちっぽけな人間など全く及ばない凄い世界を見せてくれる」

北海道に来た目的を忘れたかのように、しばし二人は見入った。

「今日は最高の大自然の恵みを、希ちゃんと見ることができて最高だよ」

(このピュアな心の持ち主がすさまじく美しい景観を引き寄せるんだな)

ふっ、と息を吐くと、希の思いが映像で飛び込んでくる。

私と希が二人の子供の手を引いて砂浜を歩いている、その横には天使が10人飛んでいる。皆、大笑いしながら飛び跳ねる。

天には巨大な龍神、海にはイルカが大量に飛び跳ねる。

右側の堤防には七福神が釣りをして、大きな赤い鯛を釣り上げてそれぞれが籠に魚を入れ込む。左の砂浜には、ハワイの海の景色がひろがり、ハワイアンダンスを踊る女性と口に棒を加えてファイヤーダンスをする男性。その奥にはハワイアンレストランがあり、屋外の机と椅子に水着のまま座りかき氷を食す客が五人。

「うっ、なんだ……」

「この空想、凄すぎる……」

思わず微笑む影浦。

ふと、我にかえった希が、真っ赤な顔をして、

「やだ、空想癖が……」

堀田は影浦にとって、心を読んでも晴れやかな気持ちになる初めての人だった。、希との一言一句のやりとりでどんどん惹かれていく。しばし談笑を繰り返す二人だった。

「日が暮れないうちにタクシーで移動しよう！　ここから車で1時間半、山に入っていくよ」

影浦がめざしたのは、平取町・二風谷。ここにはアシリレラが住んでいる二風谷アイヌ部落がある。

影浦の携帯に公衆電話からの連絡が入る。

知夫里島の達川実だった。

「右京、もう北海道についたや。アシリレラさんには右京をよろしく頼む！　とすでに伝えてある。大丈夫だ。アシリレラさんは自然を破壊する行為、特にアイヌの聖地が荒らされることに反対しとるが。また、アイヌ漢方を世に広めたいという考えを持ってた。実際、彼女は大腸ガンになり、アイヌ漢方を用いて、ガンを完全に消しとるだわい。彼女はそんなんもあって、自分の使命としてアイヌ漢方を広める事に命をかけちょる。そいと彼女は薬草採取の際に崖から転落、心肺停止からアイヌの祈りと薬草で蘇生したことがあるだわい。今はアイヌの語り部だけでなく、特殊な能力・シャーマンとしての力が備わっちょる。通常の医師であれば一切立ち入らんだろし、彼女も受け入れることはないわ。しかし右京は特別だわい」

影浦は深いお礼の言葉とともに電話を切った。

アイヌ部落はシャクシャインの戦いで勝利した。しかし、松前藩から和睦の会として開催された会合で、精鋭の兵士と部落のシャーマンは、騙され毒殺された。それ以来、アイヌは戦うことともなく和人に服従し、迎合した形をとっていた。その後は、アイヌにかかる災難を祈祷で阻止する祭事を繰り返していた。その代表格がアイヌ百万年祭り。アイヌは土着の日本人で、紀元4世紀まで日本人は全員縄文人であった。その後渡来朝鮮人という説の、つまり弥生人が日本に入り込み、いつしか縄文人は北海道、青森、日本海側の離島、九州鹿児島、沖縄に押しやられている。

現在の日本人の遺伝子の9割は弥生人から受け継いだそれだ。縄文人の遺伝子解析は十分に実施され、その特徴は次のようにわかっている。

耳垢が湿けっている、面長、短頭、天然パーマの確率が高く血液型ＡＢ型Ｒｈ（－）が弥生人よりはるかに多いこと。

アイヌはその後、和人から酷い差別を受けるようになり悲惨な歴史を辿った。それは琉球人も同じだ。２０１９年4月にアイヌ施策推進法をつくり、差別の撤廃に努めてきた。

しかし、いまだに根深い歴史を引きずっている。経済的困窮で子供を残して二風谷を出ていく者もいた。残されたアイヌの子供たちを多数育てたアシリレラ。彼女は職業訓練を実施し、育てた私生児が社会で活動できるための教育活動も展開している。同時にアイヌ神話の継承者、語り部であり、同時に神おろしのシャーマンでもある。

二風谷には、5歳からアシリレラにひきとられたアシリムカルが現在集落の長としての働きをしている。弱冠23歳、アイヌ戦士サイキック軍団の一人、シャクシャインの和睦の会で皆殺しにされたサップマリヤの玄孫《げんそん》にあたる。彼の閃き、そして英知、なにより戦闘能力、何をとっても集落でずば抜けた力をもち、長老も彼を頼りにしていた。

ムカルは7歳のときに、狩りで初めて鹿の猟に同行した。アイヌは狩猟民族で、いまだに定期的に狩りをしている。狩りに用いるのは弓矢で、その先にはトリカブトがついている。トリカブトは有毒な植物で、軽くしびれさせる濃度で使う。

アイヌの男児は7歳になると大人とともに狩りに出る。彼が初の狩りに出る日、アシリレラの弟、アシリホップが狩りのドンとなり出発した。部落からさらに1時間ほど山に入り込み、獲物が来るのをひたすら待つ。

4月初旬の気候は穏やかで、山は静まり返り物音ひとつしない。

「ホップおじさん、こんな静かなところに鹿なんているの？」

ムカルは、初の猟にでるまでに弓矢の練習を繰り返した。他の子供と比較して圧倒的に的を捕える能力が高く、この日を待ちに待っていた。高まる鼓動と鹿を本当に撃ち射ることができるのかと、緊張の面持ちでホップに耳打ちをしたのだ。

「しっ、ムカル声を出すな。今、鹿はあの林の奥に潜んでいる。合計30頭はいる」

ホップに窘《たしな》められた。

「え～、全然見えないよ」

「しっ、黙れ。今、私が鹿の群れの奥まで矢を一本打ち込む。打ち込んだ途端、鹿は一斉にこちらに向かって群ごと突進してくる。そのときに矢を思い切り放つんだ。いいな！」

「わかったよ」

ムカルは、興奮で乾いた唇を舌で舐めた。そして喉を鳴らして唾液を飲み込んだ。しかし唾液の量は少なくキュッという音がした。

その瞬間だった、ホップが矢を大空に向けて放った。綺麗な放物線を描いて見事に林に向かって飛んでいく弓矢。林の向こうでドスッという音がする。その2秒後、林からおびただしい数の鹿がすごい勢いで飛び出てきた。

「今だ、皆、矢を放て！」

同行したアイヌ部落の大人六人も、

「今だ！」

と叫んだ。ゲンは突進してくる鹿に驚き地面に伏せてしまった。

「くそー、こっちに来るな！」

ムカルはそう叫びながらも思い切り矢を放った。彼の矢は勢いよく突進してくる鹿の群れに向かって飛んでいった。

鹿の群れは、アイヌ精鋭の狩り軍団に100メートルほど近づいたところで二手に分かれて、わきにそれて逃げていく。ゲンは恐ろしさのあまり地面に伏せて泣き叫んでいた。

ムカルは、矢を放った姿勢のまま放心状態でいた。その場で力が抜けてしまい、膝から崩れ、正座になった。

群れが逃げ、姿が見えなくなったところで、狩り部隊はゆっくりと前進した。群れが消えた後に一匹の鹿が倒れ、痙攣状態になっている。

誰かの矢が一匹の鹿に刺さっていた。お腹に赤ちゃんを宿したメス鹿だ。

「よし、一発目の矢で二頭分、幸先いいな。これは誰の矢だ？」

大人六人とムカルの合計7本の矢のどれかが、この雌鹿の腹を貫通し、トリカブトの効果で痙攣を起こさせている。

「さて、誰の矢だ？」

嬉しそうにホップが矢を確かめる。ホップは大声を出した。

「うぉー！　ムカル！　お前の矢だぞ。凄い！　初狩りでいきなりだ！　お前はさすがにアイヌ戦士の末裔、天才だ。ムカル見てみろ！」

目を見開き激しい勢いで手と足を小刻みに痙攣させている鹿、それを見る余裕はムカルにはなかった。

「うわ〜、ごめんなさい。やだよ。見れない、こわいよ！」

矢は動脈に当たったからか激しく揺れ、横から血がワインをこぼしたかのようにドクドクと流れ出ていた。

ホップは慣れた手つきで、痙攣を起こしている鹿の首をおさえ、矢のささった傷口にコブクロから白い粉を取り出して擦り込む。トリカブトの解毒剤、シドケという薬草だ。トリカブトに見た目が似ているが、トリカブトと真逆の働きをする。鹿を射る弓矢の先についているトリカブトは少量でも鹿には痙攣を引き起こす作用がある。この程度のトリカブトは人間にとっては全く無毒だが、鹿の痙攣を止めるための解毒剤だ。ホップが白い粉を塗って5分程度で鹿の痙攣は止まった。しかし、まだ鹿は生きている。苦しそうに息をする鹿の首を再びホップが抑えた。そして次の瞬間、ムカルには一生忘れられない光景が目の前に現れた。

「ビュビュー」

という音とともに赤い鮮血が2メートルほど吹き上がったのだ。鹿にとどめをさすためホップは脇にさしていた短刀を取り出し、一気に鹿の頸動脈を掻き切ったのだ。

「ムカル！　血を飲め！」

ホップはムカルの頭を掴んで鹿に近づけた。

「うわ〜！　無理だよ。こんなの無理だ！」

アイヌ人にとっての狩りは、遊びでも娯楽でもない。単純に人間が生きるために動物を殺し、その生をいただく。我々は日々毎食、動物、植物を問わず、生き物の命を犠牲にしながら自らの命をつないでいる。

『ごちそうさま』とは、アイヌ語で『命をつながせていただいていることへの感謝』という意味。

鹿狩りで矢を射抜き当てた者は、本来、その場で鹿の魂を神に戻す儀式をする習わしだ。

ムカルもゲンもそのことは散々聴かされ、万一当てた際の鹿の頸動脈を切り、鹿に過剰な苦しみを与えないこと、そして神のもとに魂を戻す儀式として鹿の生血を飲むことを教えられていた。しかし7歳の二人にとっては無理な話だった。

ゲンは敵前逃亡。戦士の末裔とはいえ、ムカルは初のことに、とてもホップの指示には従える状態ではなかった。

「ムカル！　生き血を飲め！　鹿の魂をイオマンテ（魂を神に戻す）するんだ！　人間のエゴで狩りをしてるんじゃない。我々は生きるために命をいただいている。飲むんだ！　ムカル」

ムカルは目の前にほとばしる真っ赤な血液に向かって顔を向けて、目を閉じて血を口に入れそして飲み込んだ。

生暖かい鉄の味、それとともに激しく襲う吐き気。ムカルは一口血液を飲み込み、同時に吐き出し、その後胃液がなくなるまで吐き続けた。

「よし、さすがは戦士の末裔、吐いてもいい、だが、鹿の命に感謝し、神に戻す、祈れ！」

その後、慣れた手つきで六人の猛者は鹿の解体にはいる。まずはお腹を短刀でかっさき、赤ちゃんを取り出す。生まれる直前だったのだ。鹿は出産と同時に立ち上がり歩き出す。腹をかっさくと出てきた赤ちゃん鹿は元気に立ち上がる。

最初よろけながらも10分もすると軽く走り出す。鹿は本能で群れの逃げていった方向がわかる。狩人は赤ちゃん鹿を追わない。あくまで鹿の狩りは人が食べるだけの肉をいただき、感謝の念とともに魂を神に戻すこと。赤ちゃん鹿は群れに戻すように仕向けた。

その後、ホップは持ってきた金づちのような狩り道具を取り出し頭蓋骨を割る。

そしてその場で頭から脳みそを取り出す。動物の脳は持ち帰る間に傷んでしまうために、その場で生で食するのが常道だ。狩り仲間に6等分にして分け、その場で皆、鹿の魂を神に戻す呪文を唱えながら脳を食する。

ムカルの吐き気は、ようやく落ち着くが放心状態。ゲンは直視もできず、下を見ながらただただ泣き続ける。

「これ、ゲン泣くな、ちゃんと見るんだ。これが人間の現実だ！　ムカル、気持ち悪いか。お前がスーパーマーケットで見た牛も豚も、鮭も皆、同じだ。動物は皆、命をつなげて生き抜いている。切り身にされても、ものとして扱っていいわけじゃない。我々は、常に生あるものを犠牲にしながらしか生きられない存在だ。食材一つひとつが、我々の犠牲であり、我々の命の源泉であり、命をつなぐ儀式そのものなんだ」

ホップは一息つき、話し続けた。

「撃ち射った鹿の頸動脈の血を飲む儀式、脳を取り出し生で食し、そしてイオマンテ、神へ命を戻す儀式。それがごちそうさま、というアイヌ語なんだ」

7歳のときに鹿の狩りでアイヌの儀式、洗礼を受けたムカルは、アイヌ戦士の末裔としての魂を受け継ぎながらも、徐々に狩りをしないで済む生活スタイルをアイヌ部落に持ち込もうとした。

鹿や動物と会話ができる能力をもち、それを高める事で、昨今では狩りを減らしている。アシリレラは、そんなアイヌ先住民の古きよきものを残し、時代に合わせた生活様式の変遷に対しては、シャーマン、語り部ながら好ましいことと評価した。そして、ムカルを筆頭としてアイヌ人の新しい生き様を模索していた。

「よし！　準備万端だ」

森の中で男達がたむろしていた。その中心に長井がいた。影浦と堀田がアシリレラのいるアイヌ部落に到着する前に先んじて二風谷に行っていたのである。影浦にアイヌ漢方の奥義、ギョウジャニンニクの秘伝の育成方法が伝えられたところでそれを盗み出す。そして情報を根こそぎ取りつくした上で他に流れないように皆殺しを計画していた。影浦の行動は自宅の盗聴器にはじまり、あらゆる手をつかって情報を盗みだしていた。影浦が何の目的でどこに行くかもすべて把握していたのだ。

横須賀再生医療研究所では下谷主導での研究計画が立てられた。結局盗んだ種からは発芽はしたが、エクソソームに影響が出せるエキスにはなっておらず、栄養分を変えて育てた種は発芽しなかった。化学成分での触媒をつくる事業計画は、狙った通りの結果が出るはずもなかった。下谷主導の計画は紙面だけのものとなり、冒頭からの計画はあっという間に頓挫した。こうなれば刺客を送り込んで情報を盗み出し、かつ情報源を断つしかない。

長井は九人のチンピラを連れて二風谷に先回りした。長井は前回の影浦との一対一の対決で完全にヤクザの面目を潰されていた。そこでアイヌ人から情報を盗み、影浦、堀田とアイヌ人を皆殺しにするため、ご丁寧な大人数での訪問という計画になったのだ。

そのころアイヌ伝統のわらぶき小屋チセでアシリレラは神おろしの儀式をはじめていた。囲炉裏には8人が座る。熊の皮でつくったイオマンテ布団と呼ばれる座布団に対座して一人ずつ座る。真ん中に座るアシリレラは、プクサ（ギョウジャニンニク）でつくった、ほうきのような呪術用の棒を持ち、座るやいなや正座のままトランス状態に入る。

「マグイギャラシー、マグイギャラシー、シリング、シリング、マハリタ、マハリタ」

レラが語る。すると残りの七名は同様に、

「マグイギャラシー、マグイギャラシー、シリング、シリング、マハリタ、マハリタ」

と復唱。

そしてまたレラが、

「マグイギャラシー、マグイギャラシー、シリング、シリング、マハリタ、マハリタ」

と繰り返した。これを延々と30分ほど続けたのち、扉の閉まったチセに冷たい風が流れる。そしてレラが自動書記とともに語りだす。声は巫女のような若い女性のそれに変わっていた。

「世の医療を真の世界に導く導師が近づいている。彼はまたかつての同志、シャクシャインの戦いの同志。また和睦の会で騙され殺された前世を引っぱっている。このままでは彼は犬死する。追手が近くまで来ている。奴らは、我々の秘宝まで盗もうとしている。和人への復讐の念は我々にはないが、導師を殺める罪深き輩は神が許さない」

「導師が作りあげる医療は、難病の改善率を上げ、なにより、認知症を悉《ことごと》く治癒させるであろう。人は天寿を全うするまでカルマヨギ、仕事を、人とのやりとりを通じて学び続け神に近づく修行を続ける存在だ。認知症はそれを邪魔する。業とはいえ、あってはならぬ業。人間が長年努力して作り上げた科学の世界には傲《おご》りが加わり、進化に鈍りをつくってしまった。導師は、自然界に対しての畏怖の念と憧憬の念を常に持ち、科学の世界を探求し続けている」

レラは少し間を置き、

「彼こそが医学をそして医療を真の世界に導く導師だ。導師は、世界の医療を変える手法に目覚めかけている。あとは我々がひと押しするのみ。そして、肝はギョウジャニンニクとそれを息づかせる息吹の当て方の伝授だ！」

一同は瞑想状態となり、レラの話を前後に身体を揺さぶりながらひたすら聞き入る。

「追手が近い。我々は身を挺して彼を助けるのじゃ！　ムカル、この導師はかつてのお前の師匠だ。シャクシャインでは助けられなかった師匠を何としても救うのだ！　追手は近い。アイヌ伝承療法の種さえも盗む、とんでもない無燈明の集団が近づいている。まずは無意味な戦いは避けよ。皆、アイヌ漢方、ギョウジャニンニクをすべてチセの屋根裏と地中に埋め、秘伝書をすべて持ち出し、シャクシャインの戦いの跡地、安比に持ち出すんだ！　ムカル、導師は今、二風谷から10キロのところにいる。また、無燈明の輩はすでに平井から車でこちらに向かっている、急ぐのだ。我々も急ぎ、安比《あっぴ》に移動する」

そしてレラはいきなり、

「ブーウグー」

と喘ぎ声をだし、腹を抱えてうずまった。

「レラ、大丈夫か？」

しかし、呪文を唱えず神おろしの儀式を終えることは許されない。ムカルはプクサを振りかざしながら慌てて唱えはじめる。

「マグイギャラシー、マグイギャラシー、シリング、シリング、マハリタ、マハリタ」

レラは白目をむき、

「導師、撃たれる。ギョウジャニンニク。ギョウジャニンニク」

と言うや、レラは我に返る。そして今度は、レラが儀式を終える言葉を語る。

『マグイギャラシー、マグイギャラシー、シリング、シリング、マハリタ、マハリタ』

「ムカルいいか！　導師に密書を届けるのだ」

レラはそう言い、

「我々はここを片付け、全員安比に移動する。アイヌ伝承療法をギョウジャニンニクを、そして導師を守る。今、来ている無燈明は人の道を完全に外し、戻れない業を持っている。我々は、まずは逃げるしかない。それがアイヌの、そして縄文人の生き様だ。戦いは避けるのだ！」

ムカルは密書を携え二風谷を後にした。

舗装されていない土の上を藁草履で韋駄天のように走りぬく。アイヌの狩りをする人間は、獲物を追うにあたり脚力が強くなければならない。そもそもアイヌの民に伝わる縄文人の足は白筋が発達している。アイヌ部落で幼少時より狩りのために鍛えた健脚は、弥生人の遺伝子が入る和人よりもはるかに能力が高い。

ムカルは鹿の群れを見つけるときと同じように、自分の嗅覚のみを頼りにひたすら走った。

1時間後には、影浦と希のいる二風谷に着き、見事に影浦と希を見つけ出す。そして驚いている影浦に、安比にあるシャクシャインの戦いの跡地に集合するように告げた。

その後、ムカルは、

「では安比でお会いしましょう」

との一言のみで再び走り出そうとする。

「待って！　君は誰なんだ？」

影浦は思わずムカルを呼び止めた。

「失礼しました。私はあなたが行こうとしているアイヌ部落の住人、ムカルと言います。アシリレラの息子です」

「うわ～、そうなんだ。それならそうと挨拶くらいしてくれよ。出で立ちといい、山賊かと思ったよ」

と安堵して爆笑した。

「感激！　アイヌの方が、わざわざお出迎えに来てくれるなんて！」

と希もほっとした。

「私たちは地図を持っているので、大丈夫、お出迎えは必要なかったんだけどね」

と、

「それに安比で会いましょう、と言われても何のことやら」

影浦は考えこんでいた。

「いや！　今はとにかく時間がないんです。二風谷ではなく、安比でレラは皆さんをお待ちしています。影浦さん、あなたには妙な輩の追手が来ています」

ムカルの言葉に、

「まさか？」

影浦は、不安を抱いた。

「レラの神おろしの最中に出てきた透視が外れたことは一度たりともありません。このまま二風谷に行けばその輩と鉢合わせします。さらに彼らは、アイヌの秘伝であるアイヌ漢方、特にギョウジャニンニクの製法の秘伝を盗もうとしている。さらにあなた達を殺めようとしている。特に影浦さん、あなたは彼らにやられる予言が出ているんです」

「えっ、やめて！　そんな縁起でもない」

思わず希は大声を出した。

「また物騒な話だな。それにしてもそこまで現実的な予言ができるとは？　ところでムカルさん、あなたの目の輝きはどこかで見たことがある気がするが、どこでお会いしたのか……」

影浦は、不思議そうにムカルを見た。

「いえ、今生では初めてお会いします」

「今生……」

思わず笑みがこぼれる影浦。

(彼の雰囲気には思わず懐かしさを覚える、そんなこともあるのかもしれない)

と影浦は思った。

初対面の人や場所に、以前に会った、以前に来たことがある！　との思いは少なからずあるもの。影浦はムカルに強く抱いているその感覚が不吉な予言より気になっていた。

と希に語り、

「希ちゃん、安比に行けということなんで、旅が少し長くなりそうだけど大丈夫かな？　それにしても歩いて行ける距離なのか？」

「ねっ、ムカルさん」

と振り返ったときには彼の背中はかなり遠のいていた。歩いているが走るより早い。あたかも土の上を滑るようにムカルは移動していた。

そして安比までの地図がいつのまにか希のポケットに入っていた。

「あの人、ハンドマジシャン？」

何もかもが神がかっていた。希には、地図ごときはもはや大したことに映っていなかった。

安比までの距離は5キロ。影浦と希も日が暮れないうちに到着しようと急いだ。

安比のシャクシャイン跡地には、アイヌ部落の住民三十八名が皆集結し、影浦を迎え入れる準備を進めていた。影浦が到着次第、レラは長老三名とともに、アイヌに伝わるギョウジャニンニクの栽培を自在にできる術を授ける準備と儀式に必要な植物を集めた。

ギョウジャニンニクは野草であり、基本的には人工栽培は不可能。しかしシャーマンは、呪文を身につければそれをこなすことが可能となる。東京明光大学で扱っていたギョウジャニンニクの栽培に失敗した理由は、培養液だけではなく、扱う人間の意念が反映されることだったのだ。

その頃、影浦と希はムカルの地図を頼りに歩いていた。

地図が手に入ったとはいえ、すでに2時間が経過し、延べ10キロもの距離を移動している。途中から獣道となり、二人の運動靴は真っ黒になった。希は息が荒くなるほど疲弊している。シャクシャインの跡地が目の前となったそのとき、山道から降りて燦燦と日光が降り注ぐ先の遥か彼方に人里が見えた。

「希ちゃん！　もう少しだ」

影浦は、へとへとになりかけている希に声をかけた。その優しい声に希の表情は少し和らいだ。

アイヌの人々が待つ、シャクシャインの戦いの跡地。そこにはトンボの群れが集まってい
た。影浦と希の姿を確認したかのように二人の上空に集まって来た。

「トンボだ！」

「まあ、こんなに……どうして？」

トンボは二人の周りを飛び回った。そして、ゆっくり東に向かった。

「ん？　これは、トンボがアイヌの人々が集まる場所に誘導してくれてる？」

二人は、トンボを見失わないように追いかけた。20分ほど歩き、

「あれでは？」

ようやく影浦は、アイヌの人々の姿を遠くに見つけた。

そして山道から道路に出たところで、異変に気づく。

3台横付けされた50ナンバーのレンタカー。中から黒いスーツとネクタイの男がおもむろに出てくる。そして、背後に一斉にドアを閉める音が周辺に響きわたる。実にわかりやすいヤクザの登場シーン。任侠映画に出てくるヤクザと比べれば、どいつも不細工だが。

そんな中、最後に遅れて車のドアを開けて出てきたのは、ひときわ大柄な男。

「うっ、長井」

影浦はせっかく楽しんでいる遠足先で、会いたくない旧友に会ってしまったかのような最悪の感覚と同時に、一気に交感神経を昂らせ、自らの全細胞を戦闘モードに向かわせていく。

長井に目を奪われている間に、周囲の男たちはすさまじい勢いで回りこみ、あっという間に影浦と希を総勢10名で取り囲んだ。


「ご丁寧にこんなところにまで……」

二風谷に先回りしていた長井以下十名のヤクザは、希にGPSを付けていた。何者かが希のスマホにGPSのマイクロチップを貼り付けていたのだ。

居場所を追跡しながら、いよいよアイヌ人と二人が接近したのを確認してのご登場だ。長井は影浦がアイヌから薬草の情報を取り付けたタイミングで強引に情報を搾取し、皆殺しにすることを狙っていた。

しかし状況が変わり、影浦を盾にしてアイヌから情報をとり、そして皆殺しにする戦略に切り替えたのだ。一人残らず殺すミッションしか与えられていない殺人鬼集団だ。

「影浦先生。せっかくのべっぴんさんとのデート中に申し訳ないね」

長井は、薄ら笑いを浮かべていた。

「お前達がしたいことはわかっている。私を倒すことはできてもアイヌの秘法を盗み取ることはできない。さらに秘法を知ってもお前らが使いこなすことなどできない」

影浦は、語りながら、一人ひとりのチンピラたちの顔つき、所作を鋭く見切る。そして一点突破で逃げる方策に走る。

「そんな事は、どうでもいい。ギョウジャニンニクの情報を取りつくすこと。それ以外なんの興味もない。影浦先生、前回は不覚をとった分、思い切り痛い思いをしてもらうよ。そして最後は、ふははは」

そう言うと、長井は刃渡り15センチはあるサバイバルナイフを取り出す。

「なんで言葉が通じないかな。私を刺しても倒しても、絶対にアイヌから情報を得ることはできない」

影浦は、長井の戦意をはぐらかすように、両腕を広げて首を振った。

「俺に脅されればなんでもしゃべる、心配するな。それに、お前には散々やられてるからな。ぐちゃぐちゃにせんとヤクザの面目が立たんのよ、ふふふ」

長井は笑みを浮かべて、影浦との距離を縮めた。この人種の特徴は人の命を殺《あや》めることにかけらの抵抗も罪悪感もないことだ。さらに狂っている輩はそれを楽しめる。

「キャー！」

希の悲鳴がした。影浦と長井が語っている間に、男たちの一人に後ろから捕らわれている。影浦はすでに押しまくっているアドレナリンスイッチにさらに非常事態用エキストラスイッチを押すイメージをするや、すかさず躰道《たいどう》で身に着けたバク転を2回。そして、男の顎に蹴りを炸裂させる。

「あがあが……」

男は顎がはずれ口が閉じない。更に加えてジークンドーの金的突き。

「希ちゃん走るんだ。この場から極力離れて！」

影浦は希を先導し、立ちはだかる次の男のみぞおち左に、前足前蹴りをクリーンヒット。相手は肝臓直撃の蹴りでその場に前のめりに倒れ、泡を吐きだす。

道が空くや、希は大きくなったトンボの群れに向かって走る。

「希ちゃん、ひたすらトンボの群れに向かって脇目もふらず走るんだ！」

と言うや、希を前に出し、自らは男たちの群れに向けて逆走する。


希に追いつきかけた次の男に左足裏で蹴手繰り、相手はバランスを崩し高く舞い上がり、背中から地面に叩きつけられる。影浦はとどめを足刀で相手のみぞおちに入れ込む。相手の戦意はアッという間に喪失。

長井の前に短刀を脇から抜いた若手二人がペアで襲い掛かる。

影浦は短刀を持った腕を鍵受けからひねり上げ肘を外す。影浦が得意とする技だ。二人のチンピラは双方、刀を持った腕が肘から外される。そして、けたたましい大声を出して痛がりのたうち回る。

長井は叫んだ。

「ほんにお前は、医者にはもったいないやつ」

「だが遊びは終わりだ！」

長井の目は冷静かつ笑っている。

そして男の一人がずた袋から複数の拳銃を取りだす。そして長井と残りの男たちに手渡す。

五人は一斉に影浦に銃口を向ける。

「……」

「心配するな、今は半殺しにしかしない。人質にしてアイヌから情報を盗み取るまでの命だがな」

多勢に無勢で、息が切れかかる影浦は、達川から指導を受けた相手の抜けている気の位置を探る。

拳銃を構える男たちには達人の気を出すものはいない。距離をとればなんとかなる。一斉に五人に背を向けて希が逃げた方向とは90度異なる角度で一気に走り出す。５００メートルほど先にはブッシュがあり、直線に走り込む。

背後からダーンと5発の銃弾が撃ち込まれた。いずれも影浦の足元に打ち込まれるがはずれた。影浦はブッシュの奥まで一気に逃げ込む。

身を潜める場所を探す影浦。ふと、希は無事逃げきれているか心配になる。その瞬間、かなり離れた先から希の声が聞こえてきた。

かなり離れているが、はっきり聞こえる。

「キャー！　やめてー！」

希の叫び声が鳴り響く。みぞおちを蹴られて失神していた輩が息を吹き返すや希を追いかけていたのだ。

慌てて影浦は全速力で走り追いかける。羽交い絞めにされた希。

「ふざけやがって！」

と発した男に、Tシャツを思い切り引き裂かれ、ジーンズを脱がされかけていた。Tシャツは完全に破り裂かれ、たわわな乳房が露出する。そしてジーンズが半分裂かれ半裸にされる。希は抵抗し、石を握った拳で男の顔になぐりかかる。ジーンズを剥がすのに必死になっている男の側頭部に1発、2発ヒットした。

男のこめかみから流血。男は自分から流れ出る血をなめるや、

「このやろうー」

とますますの力をいれてジーンズを剥ぎ取る。そしてチンピラはズボンのチャックを下ろして、希にまたがり己のいきりたったものを押しあてようとする。

そこに影浦がギリギリで間に合う。

影浦は激しい怒りの念をそのままエネルギーに乗せて、金的蹴りを入れ込む。ぐにゅといきり立ったものごと蹴りこまれる。

「ギャー」

男は悶絶したまま気絶する。

「希ちゃん」

影浦は嗚咽して泣く希を引き寄せ抱きしめる。そして、自分の服を脱いで着せた。

「とにかく逃げよう」

急いで再びブッシュにむけて走り出す。そしてブッシュに入るや小さい洞窟を見つけた。影浦はブッシュに入り込む前にトンボの群れが我々の動きを察したように我々の上で回遊する姿を確認する。

「希、必ずアイヌ人が助けに来てくれる」

「先生、ごめんなさい、足手まといになってて」

「何言ってるんだ！　医療以外に新たなエネルギーを私の心に灯してくれているのは希だ」

影浦は走ってブッシュを飛び出そうとする。そこに長井と部下の男、五名全員が拳銃を構えながら走って追ってくる。

ＧＰＳは希の居所を確実に伝えていた。希の身をただひたすら守りたい影浦は、バク転で長井に立ち塞がり、拳銃を蹴りで叩き落した。

しかし、その瞬間部下の一人が、希のこめかみに拳銃をあて引き金を引こうとしていた。影浦は、飛ぶようにして彼女のこめかみに右手を差し込み、拳銃をとりあげようとした瞬間、ダーン！

銃声が鳴り響いた。弾丸は、影浦の右掌より入り、右手を雷のように駆け上がり、尺骨骨頭に当たって体の外に抜け出した。

「うわー！」

影浦は絶叫して、右手を押さえた。右手はかろうじて薄皮一枚でつながっていたが、骨は砕け、神経・血管はズタズタになり、筋肉は挫滅してボロ雑巾状態。何とか痛みに耐えて立っていた影浦に、長井は蹴りを入れまくる。そして、ブッシュの奥まで押し込まれる。先には崖、100メートル下には小川が流れている。そして長井は影浦を断崖絶壁まで追いやる。

「影浦先生、我々の言うことを聞いてもらうよ。堀田の命を助けたければ、人質となり、アイヌの情報をお前がわしらの前で取り付けるんだ！」

そこにチンピラが加勢し抵抗できなくなった影浦に回し蹴りを入れまくる。さらに影浦は断崖へと後ずさりする。

「殺すな、捕まえろ！」

と長井は命令するが、それを聞かずか、男の一人が

「最後の一発だ！」

と抵抗できない影浦に思い切り蹴りを入れた。右腕をもがれた影浦には、すでに戦闘能力はなく蹴りの勢いで飛ばされ、そしてあっという間に断崖から姿を消してしまった。

「ばかやろー！」

長井の言葉は遅かった。

影浦は１００メートル先の川に転落、上から姿は見えなかった。

「即死だな」

「しょうがないこの女を盾に情報を取るしかない」

そのときだった、いつのまに集まったのか、

「キーン」「キーン」「キーン」

野生の鹿が長井らを取り囲んでいる。

総勢２００匹は超えている。ひときわ大きい鹿が長井と男たちに近づく、そして鹿はおもむろに巨大な髭面の大男に変身し、語りはじめる。

「大自然の化身としてお前らを葬り土に還す。大自然の神、アイヌの偉大なる英知、拝金合理主義に陥るすべての民への警鐘を含めて、自然界から人間界への介入、かつてアニミズムが一度たりともしていない自然界からの行き過ぎた欲望への警鐘を今、私たちが鳴らす」

「鹿がしゃべった！」

長井はじめ、男たちは腰を抜かし後ずさりする。

そして一匹の鹿が、希の前にひざまずき上にのるように促す。しかし、希は意識を失う。

「うおお〜」

「撃て～」と長井。

一斉に鹿にむけて一斉に撃ちはじめる。

しかし、すべては大男に吸収される。そしてあっという間に無数の鹿に彼らは取り囲まれ、そして全員、噛まれたまま山奥へと引きずられる。

ムカル率いるアイヌ狩人の鹿を誘導するアイヌの秘術だった。影浦を救うには間一髪遅かった。

しかしムカルは目を閉じ、影浦は死んでいない、必ず救い出せると直感する。

希は、二風谷まで鹿に運ばれ手当を受ける。アシリレラとアイヌのメディシンマンの末裔、彼女たちから薬草で手当てを受けた。

「影浦先生は？」

と、希は再び意識を戻した。


当日の夕方、崖から落ちた影浦は、二風谷から下流５００メートル先でアイヌ部隊の必死の捜索で発見された。脈はなかったが、心室細動、命の灯は消えていなかった。右手すべては剥ぎ落ち、どこにもなかった。そして影浦のズタズタに残った右腕橈尺骨《とうしゃくこつ》部からは流血が続いていた。

アシリレラは影浦の状態を調べた。右手以外、致命的な外傷は奇跡的になかった。

「うむ。命は戻せる……。右手は……」

レラは直感した。

「この右手も何とかなる」

「はて？」

アシリレラは影浦のシャツの右胸ポケットに開いていた穴から、微かな匂いがするのが気になっていた。レラは穴を調べてみた。レラは鼻を近づけ、

「この匂いは、ギョウジャニンニク？」

影浦は崖から落ちる際に、胸にいれていたギョウジャニンニクの粉を本能的に取り出し自ら右手に塗り込んでいた。損傷した部位は即座にギョウジャニンニクを塗ることで局所の幹細胞が異常な繁殖能力を現す。


これはアシリレラにとっては非常に有利な前処置だった。

「よし！」

アシリレラの一声で、秘薬の治療が試みられた。

レラは封印していた再生医療の秘薬、ギョウジャニンニクとハンノキを混ぜた秘薬を右手に塗り込んだ。さらに鮭の血液を飲ませる。右手は驚くほどの速さで止血し、かさぶたができ

る。さらにプクサと呪文を用いようとする。しかし、レラは長老から、

「それを使えばお前の寿命は削られるぞ」

と諌められる。

「医療を変え、人の魂、和心を戻す宿命を背負ったこの者を皆で助けるんだ！」

この言葉にほだされた長老達は全員一丸となって、イオマンテと逆の呪文で影浦の蘇生を試みる。


目の前に一人の髭を蓄えた初老の男性が影浦を覗きこんでいる。彫りが深く、人生を達観した余裕の笑みを浮かべて影浦に質問をしてくる。

「お前は一体どこから来て、どこに行く？　お前は一体誰なのか？」

「わかりません。あなたは誰ですか？」

「私はシャクシャイン、そして私はお前だ」

「意味がわかりません……」

「私はお前の前世、シャクシャイン、アイヌの酋長。和人に騙されて最後は首を刎《は》ねられたが、恨んではいない。人の心は皆つながっていて心の基盤は皆、深海のように静か。乱れる心から生じる憎しみ、争い、戦いは、単なるエゴから生じる妄想に過ぎない。お前はアイヌ神話、アイヌ魂を現代に呼び戻し、医療を通じて人の心に和をもたらせ、世直しをするために生

まれた」

「小さいときからお前であり私である。『お前はどこから来て、どこに行くのか、お前は誰なんだ』。魂から繰り返して呟いていた言葉を忘れたか。人は常に自分の本質に自問自答を繰り返す迷い人だ。人の本質は実に単純。和して同せず。意識の基盤は皆同じ諸元だ。見た目の違いから人は迷い、妄想を抱く。お互い切磋琢磨し、成長を続けた暁には同じ諸元を悟るために生まれ落ちた存在なんだ」

「小さいときから登場したじいさんは、シャクシャイン、あなただったんですね！　そしてそれは私自身」

そう声を発し、影浦は、暗闇の中に光を見つけた。そしてその光に向かって歩いた。

パチ、パチ！　薪がはじける音がした。


「うー……」

影浦は、奇跡的に命を取り留め、意識を戻した。影浦は、見知らぬ建物の中にいた。薄暗い小屋の真ん中にある囲炉裏の中で薪が燃えていた。

「気がついたかい」

影浦の顔を覗き込んで、老婆が声をかけた。

「あなたは……？　ここは……？」

影浦は、まだ半覚半眠、スッキリしない頭で尋ねた。

「私はアシリレラ。ここはチセ、アイヌの家だよ」

「あなたが、アシリレラさん！」

影浦は目的地に着いていた。

「あなたが助けてくれたんですね……」

そこへ、「先生！　よかったー」

希が涙を流してしゃくりあげながら、影浦に抱きつく。

「希……よかった」

影浦の目から涙がとめどなく流れる。

数分後、影浦の表情は現実に引き戻された。痛みで動かせない右手は包帯が巻かれている。

「私の右手は、だめか、診療はもうできないな」

「今、アシリレラさんが手を戻しにかかってくださっている」

「まさか、そんな夢のような治療が……できたなら……」

影浦は諦めてそう言うと、静かに眠りについた。

10時間眠り続けた影浦は、起き上がると、再びアシリレラと向き合っていた。

「私は、どうやって助かったのですか？」

影浦の問いに、レラは不思議な事を言った。

「声が聞こえたのさ」

　怪訝そうな顔の影浦に、

「そう、声、精霊からのね」

　そして、レラから影浦に語り部が神話を伝える口調で会話が始まった。

「右京、あなたは私の孫。私の息子の子供なのよ。あなたがここに来て私と会うことになるように、精霊に何十年もお祈りしていた」

「そんな。私の父は、母がまだ私を懐妊しているときに亡くなっています。しかも私は埼玉に住んでいました」

　影浦は、驚いて聞き返す。

「右京、今から話すことは、元々運命として決まっていたこと。あなたが色々な経験をして、その準備が整ったときに初めて会えるとわかっていた」

「私たちは自然の生態系を破壊する水力発電所開発に強く反対していた。あなたのお父さんはとてもとても熱い人だった」

　彼女は続けて話す。

「お父さんは人柱となってダム工事を阻止してくれた。今アイヌ村がダムの底に沈んでいないのは彼のお陰。あなたのお母さんにはアイヌのつらい人生を味わわせてはならない！　そして実家に戻したのよ……子供を授かっていたことは後でわかった……」

「ここがチセ?」

改めて、影浦は周りを見て呟いた。

「そう。アイヌの昔からの家」

木造が煤《すす》で黒ずんでいるが、神秘的な雰囲気が漂う。

「長らくあなたが現れることをアイヌの神々は待っていた。つらい日々だったね」

レラが言った。

影浦は、堰を切ったように話し出した。

自分は医師として西洋医学のみを中心に治療をしてきた。しかし、小さい頃から見えない世界の存在に気が付いていた。それを封印して生活していた事。知夫里島でギョウジャニンニクと出会い、アイヌの人達の事を知った。

再生医療の完成の決め手と感じたギョウジャニンニクを大学で研究したが、色々な妨害、この先の方向性に限界を感じている事などを話した。そして右京は自らの回復の早さに驚き、それを確かめるように声のトーンを上げる。

「真の医療の進化には、伝承療法が必須だと感じたんです。日本ではアイヌ漢方がある。アイヌの人達の考えや、アイヌ漢方の奥義を求めて訪問したんです」

「すべてはわかっている」

アシリレラがひときわ優しい目になる。

「あなたは、大いなる力に守られている。アイヌの精霊もあなたが来たことを喜んでいる。アイヌは古くから日本に住んでいて、一万年以上経過している。カタカムナという古代文字、カタカナの語源と言われているものは、アイヌ語に通じるものがあった。かつて、和人とアイヌを分離しようとする政策がとられたが、和人の中にも多くのアイヌの血が入っている」

影浦は、真摯にレラの話に耳を傾ける。

「アイヌは自然との共生を基盤にしている。狩猟したものの一部は自然に返していく。取った魚や肉などの一部は自然の神に返す。『足るを知る』これが今の世には最も大事な教訓」

影浦は囲炉裏の火を見つめながら、

「自然からの恵みを大切にしなさい」

母の言葉を思い出す。

レラは続けた。

「キト、いわゆるギョウジャニンニク。これは自然界からの恵みの代表。しかし自然の恵みを乱獲したり、大切にする感覚が失せれば事はうまく運ばない。自然を大切にすれば、人に対する慈愛も生まれ、自然の声が聞こえてくる。そして、争いのない世界がつくれる……お前は内なる神がもともと目覚めている。いったい今までの研究で何が間違っていたか！　それはわが内に答えがある」

さらに、アシリレラは影浦の過去を語り、影浦の使命を告げる。

影浦は過去生ではシャクシャインの戦いのときの酋長であり、メディシンマン、シャーマンだった。そして今世では現代にはびこる拝金合理主義に基づく近代医療の間違いを正し、和合医療を推進するための武器を与えられた。それは繊細に人の気持ちを察し、集中すれば人の心が読めるリーディング能力。

しかしこの能力は己の幸せには両刃の剣だ。

「右京、お前には今から、アイヌの秘伝を提供する。これは元来お前が前世で持ち合わせていた術だ。そして、お前のまっすぐな思いにこれが加わることでギョウジャニンニクは自在に操ることができるようになる。これはあらゆる植物に生命力を提供する形霊と言霊、さらに秘伝の書」

形霊は『明魂光』、そして言霊は『シュリング』。そしてもう一つはレラが残した、アイヌ漢方の秘伝の書『アイヌムックリの書』だ。

この書にはギョウジャニンニクの成分が均一な培養エキスだけでなく、栽培方法、さらにそれを育てることができるようになるための瞑想のマントラについて書いてある。そこから組織、臓器を再生させる均一に安定したエクソソームが生まれる。

「右京ならばこの修行は容易にクリアできる」

右京に提供されたものは、人間だけでなく植物の魂に働きかける奥義、アイヌの秘伝だった。

レラと長老、さらに希の熱い回復への祈りと手当のおかげで、影浦は1週間で歩行が可能になる。

2週間後には歩行、完全復帰。右手はすでに赤ちゃん程度の大きさの手になり、ここから元通り復元を狙う。そしてレラの指導の下、形霊、言霊の使い方、そして『アイヌムックリ（口琴と呼ばれる楽器）の書』に基づく、瞑想の指導が始まった。前世での基本ができている影浦は、すべての過程を一発でクリアしていった。

1ヶ月後、アシリレラは影浦に短期間での修行の完結、免許皆伝を告げる。

「右京、前世ですでに身に着けていたアイヌの秘法をお前は単純に思い出しただけだ。即座に使いこなし、ギョウジャニンニクを自在に栽培し、そして新しいエクソソーム医療での夜明けにつなげるであろう。ひたすら前を向き、道なき道を自分で切り開き、そして道を残せ」

「ありがとうございました。一度死んだ今世、余生と思い、いただいた学び、そして生かされたこの命をこれからの使命の全うに捧げます」

それから2週間後、影浦と希はアイヌの人々に見送られて二風谷を後にした。

第11章　対決と改革

帰りの列車の中、影浦は考えていた。

これから……、どうしていくか？

ダメージは多少残っているが内外にみなぎるエネルギーと使命感は過去にないほど高い。しらがみの多い大学病院で研究を続けるか？

体力の復活とともに救命医療活動に戻るか？

それとも思い切って大学を出て、新しい世界構築に一気に走るか？

ふと、隣を見ると、希が心配そうに影浦を見ていた。

「ん？　大丈夫だよ。右手も痛くないし、まだ完全ではないが、動きも良い。こんなことができるんだね」

影浦は目の前のクルミの殻を右手だけで割った。

「祈り、形霊、言霊、そして薬草のすごさを自ら体感させてもらった世界一ラッキーな男だね、私は」

影浦は、希を安心させるように言い、右手で力こぶを作った。

「良かった。先生、でもまだ無理は禁物ですよ！」

希は、顔を和ませて、影浦の右腕を取り、摩った。そして再生で蘇った右手を両手で拝むようにして包んだ
「赤ちゃんの手くらい柔らかい」

「大丈夫。これからリハビリでどんどん良くなって、右手だけで希を持ちあげられるようになるよ！」

「まあ……」

希は、顔を赤らめて目を伏せた。

「それより私を先生と呼ぶのはやめてくれないか」

「えっ、なんて呼んでいい？」

「もちろん、右京！呼び捨てで」

「えっ、なんか照れちゃう、右京さん、いや右京」

「おっ、新鮮！」

(俺は、この子を二度と危険な目には遭わせない！)

影浦は、心に誓う。

「あっ！　先生！　いや右京！　龍が……」

列車の外に目を向けた希が、指差しながら叫んだ。

影浦はまた希の妄想かとは思いながら外を見る。青空の中に雲が横たわっていた。雲はゆったりと動き、龍神のようにも見えた。

「そう言えば、ニュージーランドでは、龍の一族がいて、時折雲の姿で現れると……」

影浦は、龍が自分達の前途を応援していると感じた。

「よし……。やり抜く！」


当日のニュースには一連の記事が表に出ていた。

シャクシャインの戦い跡地でＫメディカル社員長井栄一は多発性外傷で死亡。死因はジビエによる咬傷が原因かと剖検で確定した。また現場で重軽傷で見つかった九人のＫメディカル社員は『鹿の化身に踏みつけられる』と錯乱し暴れまくることから札幌医科大学精神科閉鎖病棟に収容。


影浦は、大学病院に一連の事件を事後報告し、休暇を申請。密猟者が野生動物に襲われた奇妙な事件として世間は伝えた。影浦はＫメディカルを成敗する想いを胸に秘めた。

「影浦君、大変な事故だったんだね？　入院先を伏せていたのは何か特別な理由があったの？」

東京明光大学消化器外科教授室。守山大輔教授が心配そうに尋ねた。

「はい……。ご心配お掛けしました。もう大丈夫です。お忙しい皆さんが間違っても北海道までお見舞いに来るなどないように配慮してのことです」

（心肺停止から蘇生なし。シャーマンの祈りで復活。右手を喪失しながら再生！　など、口が裂けても言えない）

何も語らず体力の回復を待とうと影浦は決め込んだ。

「そうか。まあ、ゆっくり養生してくれたまえ」

（影浦君は、一線での活動は根を絶たれたかな）

影浦は守山教授の本音を読んでいた。


「影浦君。大丈夫かい？」

影浦がＥＲの医局を訪れた際、医局長の有村次郎は、ちょうど休憩していた。

「はい、有村先生。ご心配掛けてすみませんでした」

影浦は、頭を下げた。有村は、影浦の怪我を知り、ひたすら心配していた。

（この人は掛け値なしの医者だ、他人の心身のことしか考えていない）

「これは影浦先生、戻られたんですか？」

そこへ、有村に急患の状況を報告しに田村が現れた。

「やあ、田村先生。すっかり立派に。ベテラン医師だね」

影浦が茶化すと、

「影浦先生のおかげです。私がこうしてERで頑張れるのも、血反吐を吐くほどの厳しい指導のたまものです」

田村が切り返した。

（田村は根っからの体育会系、影浦に声掛けをしながら、持ち患者の治療方針で頭はいっぱいになっている）

「影浦先生が、来たんだって？」

そこへ石田康司が急いでやってきた。

「おいおい、何時もクールな石田先生がどうしたんだい？」

影浦が笑顔で言うと、

「お帰りなさい先生。何時ER復帰ですか？」

石田の真剣な面持ちに、

「いやー。怪我をしたので、復帰はまだ先だよ」

「そうですか……。残念です」

（ＥＲの医師数が足りないが、影浦先生の復帰はしばし無理だな）

石田は相変わらずクール。常に、医師の配置、診療の組み立てで頭は占有されている。

「右京。他人の心を読むということは、覚悟が要る。ポジティブなエネルギーは力となるが、ネガティブなそれは心底、私たちの心を疲弊させる。絶対的な心の強さを構築すれば何もコントロールする必要はない。しかし、大概それに耐えられる人などいない。鈍感に生きている方がよほど幸せな人生になるもの。必要がなければ相手の心を読まないこと、それに尽きる。しかし今のお前にはコントロールが効かない。リーディング能力をコントロールするのは簡単ではないぞ」

影浦は、改めてアイヌで治療を受けていたときのアシリレラの言葉を思い出していた。

自分が幼少のころから悩んでいた肝であり、過敏な性格の人に共通する苦しみだ。武道、格闘技をとことん追求し、自律訓練やヨガ、あらゆる内面探求をやり尽くしてきた。しかし、それでも相手の言葉にしていない会話が入ってきてしまう。これが消えてくれればどれだけ楽になるか。メンタリストショーの余興には超人扱いされるが、メリットは少ない。人は思っていることと以上に良い表現をすることはまずない。思っていることとは裏腹に褒めたり、にこやかにしていることが多い。心の内を知るとそのギャップで人間不信に陥るものだ。この癖を個性の一環と思い、一生付き合うしかない。私と同様の過敏体質（ＨＳＰ）の方はあきらめている方がほとんどだ。

「これは、影浦君じゃないか？」

その声に、振り向く前にすでに影浦には肩に重い嫌な感触が出ていた。

「佐久間教授……」

影浦は、頭を下げた。

「影浦先生、療養中だったんでは？」

佐久間教授の横にいるのは枝根事務長だった。

「枝根事務長。少しリハビリを兼ねて、患者さんと話をしに顔を出していたのです。皆さんの迷惑にならないように即座に撤収いたします」

「まあまあ、事務長。いいじゃないか。影浦君は大事な人材なんだから。影浦君の体調が戻り次第、早めに復職してくれたまえ」

佐久間はそう言うとポンと影浦の肩を叩き、歩き出した。その背を枝根は慌てて追いかけた。

影浦はふと、思った。私の居場所はここにはない。自分のまっすぐに走れる道を見出し、理想の医療、研究を突き進むのみだな。大学病院の入り口から外に出る間際だった。

「影浦先生！　大丈夫ですか？　まだ復帰は早いのでは？」

影浦の姿を見つけた下谷良治が声をかけてきた。

下谷は政治力で東京明光大学の再生医療研究室のトップの座についた。そして横須賀再生医療研究所とも提携して地盤を固めようとしていた。

「栽培はうまくいっていますか？」

影浦はアイヌの秘伝からしてうまくいっているはずのない案件をぶつけた。

「調整中です。巨額の資本が下りて対外的にも提携でき、厚労省からもお墨付きをいただき、新たな栽培は水耕栽培で一気に打開しますよ」

下谷は、自信ありげに話した。影浦は下谷の心の内を読んでいた。

(研究の目処はつかない。しかし、もはや研究がうまくいくいかないはどうでもよい。私の教授にむけての地盤は固まりつつある)

「そうですか……」

影浦は黙った。

(大地の霊性を土から吸収しかつ栽培者の霊性にまで影響を受けるギョウジャニンニクを水耕栽培？　新たな手法を提示して純粋に科学研究費をとるためだけの机上の空論。悪の要塞に飼われた犬になってしまったな)

影浦は大学病院を出る。すると、堀田希が走り寄る。

「希、汚染された聖地を多少きれいにしたら、私はここを去るよ」

「うん。わかってる。それがいいと思う」

「横須賀再生医療研究所、Ｋメディカル本田社長と本田靖の兄弟、悪の権化は思い切り強い、ただ大学病院を食い物にし、社会の汚泥を持ち込んだ罪、そして私を殺める企画を立て実行した。放置はしない。実行部隊の長井は浄化され、証拠が残っていない……」

影浦は、大元の本田兄弟にダイレクトに挑む決意をした。

「右京、絶対に無理はしないでね」

希が悲しそうな目で影浦を見つめる。

「大丈夫だよ」

言葉とは裏腹に影浦は右手に拳をつくる。

「アイヌで私は覚醒したんです。私は絶対に右京を守りそして夢を実現させる」

「ありがとう。ところで私の右手は東京に戻ってきてから一気に大きくなり、すでに元通りになってきているんだよ、奇跡でも起こらない現象。エクソソームを用いることもなくアイヌの祈りと天然ギョウジャニンニクだけでこんなことができてしまうとは。動きも日々、戻ってきていて、すでに右手の感覚は１００％戻り、料理をつくることさえできている」

「すごい！　でもだめ、料理は私の仕事よ」

「へへ、ありがとう。それにしても右手を失ってから、半年で元通りに戻る。これができるなら脳出血、脳梗塞、心筋梗塞のリハビリはもとより、認知症、アルツハイマーの劇的改善、これまでの医療が全く役に立たなかったALS、多発性硬化症、自己免疫疾患から膠原病まで幅広く治療効果が期待できる。しかも臍帯幹細胞エクソソームを用いて、どの医療機関でも再現できるシステムになれば、医療にまさに大革命が起こる」

「天然ギョウジャニンニクの利用は限られているし、アイヌの方々の祈りを臨床医療にルーティンで取り入れることはできない。エクソソーム、つまり先端医療とのコラボレーション、和合医療しかない」

また治療に携わる医師だけでなく、Kメディカルの方々の魂レベルの浄化も必須だ。希は、目を輝かせて聞いていた。

「大丈夫、右京ならできる、というか右京にしかできない！」

翌日、影浦は枝根事務局長を訪ねた。

「事務長。実はお願いがあるんですが……」

影浦は、枝根を見据えた。

「何ですか？　折り入って話とは？」

枝根は訝《いぶか》し気《げ》に影浦を見ていた。

「短刀直入なお願いです、Ｋメディカルの本田清治社長と民生党の本田靖幹事長に会わせていただきたいんです」

　影浦はダイレクトに用件を伝えた。

「えっ？　お二人に会いたいと？　どういう風の吹き回しですか？」

　枝根は驚いたふりをして聞き返した。

「……枝根事務長はすべてご存じです。私にいろいろあった理由も。私が怪我をしている理由も」

「何を言ってるか、意味がわかりませんが」

（この人、露骨に気持ちが顔に出るな。リーディングなど不要だ）

「とにかくお会いさせてください。しかも即座に。枝根さんが動かないなら私から挨拶に伺うのみです」

「お二人は忙しいし、おいそれと会ってはくれないと思いますよ」

　枝根は難色を示した。

「枝根事務長、影浦のギョウジャニンニクの案件ですと伝えてください。今、私との面会以上に重要な件はないですよ。ギョウジャニンニクに関しての情報入手案件です。下谷の進めているうわべの研究は3ヶ月もしないうちに全く意味ないことが判明するでしょう。本件は私にしか先に進めることはできません。お会いいただく方がよいかと。しかも明日です。お伝えください」

影浦は生えそろった右手を差し出して握手を求めた。

致し方なく手を出した枝根、軽く影浦の手に触れた途端、

「う！」

影浦の再生でよみがえった手は低温に保たれており、あまりの冷たさに枝根はすぐに手を引こうとした。

しかし、影浦は手を離さない。握力80キロ近い力で思いきり握手をする。

「何をするんだ、手が潰れてしまう！」

「大丈夫ですよ、手は一旦なくなりましたが、この通りちゃんと握力は戻り、以前より強くなってます」

影浦は静かな目で枝根を睨み倒す。

「明日、お会いできますね、手の回復は順調すぎて怖いくらいです」

「わ、わかった手を放せ」

影浦は一気に手をほどく。枝根は床に座りこむ。

真っ赤にうっ血した枝根の手には影浦の手の圧痕が残っていた。

翌日、役者が揃った。

「やあ。君が影浦先生か？」

そこは、Ｋメディカルの社長室。枝根事務長は影浦の迫力とこの問題を抱え込みたくない、という一心で本田兄弟を影浦に引き合わせたのだ。

「はい。私が東京明光大学の影浦右京です。時間を取っていただきありがとうございます」

影浦は、丁寧に挨拶した。

「うむ。本田清治だ。私の隣にいるのが兄だ」

「これは、幹事長にまでわざわざお越しいただき、誠に恐縮です」

影浦は、直立不動で挨拶した。

「うむ」

本田幹事長は、ソファーに座りながら鷹揚に頷いた。

「本田社長、本田幹事長、当大学の一医師影浦にお時間を取っていただき、ありがとうございます」

影浦を二人に会わせる段取りをした枝根は、45度にお辞儀をした。

「まあまあ。そう畏《かしこ》まらなくても。まあ、座りたまえ」

本田幹事長は、笑みを浮かべて、向かいのソファーに座るように言った。

枝根は、

「それでは、お言葉に甘えまして。影浦先生も座りたまえ」

（……タヌキ親父たちと腰巾着《こしぎんちゃく》か……）

影浦は、呆れながらも、顔には出さず、

「それでは、失礼します」

邪気邪念に満ち溢れた空間で、無の境地に近づけながら影浦も座った。

「影浦先生から、我々に話があるそうだね？」

本田清治社長が、影浦に尋ねた。

（拝金合理主義――彼らの犠牲になり精神的なトラブルを起こした者、自殺に追い込まれた者、殺された者などの生霊の念が漂う魑魅魍魎《ちみもうりょう》の世界）

影浦は思わず、気分が悪くなり嘔気《おうき》を催す。

「……」

影浦に代わり、枝根が口を挟む。

「はい。今、再生医療で重要なギョウジャニンニクの栽培に関して下谷先生の方法では無理だと。そして、影浦先生はアイヌ人から伝授された方法、真の栽培の方法を知っている、とのことなんです」

「アイヌ！　私は一言も枝根事務長にアイヌの話などしていませんが」

と影浦が切り込む。しまったという顔になった枝根に影浦はかぶせる。

「枝根さんも、本田さんたちももちろんこの話はよくご存じですよね。私の行動は皆様に筒抜けだったはず」

「しかし刺客さんたちは皆さん、東京に戻って来ず、そして情報も全くない。精神科にはお見舞いに行ってないんですか？」

「一体何が言いたい⁉」

枝根は真っ赤な顔になり激昂する。

本田清治社長は、

「影浦先生の話を聴きたいな」

「はい。私が北海道に行ったのは、ギョウジャニンニクの栽培に関して重要な情報を取るため、皆さんすでにご存じの通りです」

「うむ、そうか。で、何かわかったのか？」

本田清治が、答えを促した。

「はい。アイヌの方から情報を得ました。今、大学で行われている栽培方法では、ギョウジャニンニクの形はできても、中身はウドの大木、何の役にも立ちません……」

「それは、どういうことかね？」

本田清治が、先を促した。

「栽培方法もダメですが、栽培・管理に関係する方々の人格、霊格の問題です」

影浦は、語気を強めた。

「魂レベルの高い人間にしかこの植物を扱うことはできないんですよ」

本田清治社長は、あぐらをかき、眉間にしわを寄せ、怪訝そうに尋ねた。

「ん、では君のような聖人君子には栽培はできるが、我々のような者が関与すると失敗すると」

「聖人君子である必要はありません。ただ、性根の腐った者が扱えば瞬く間に枯れてしまう」

「少なくとも人を殺めることにかけらの痛みも感じない外道には無理だ」

本田靖と枝根も顔が紅潮している。

「もしや、その外道とは我々のことを言ってるのか？」

枝根が虎の威を借るキツネ風に立ち上がり大声を出す。

影浦は立ち上がり、右手に力を入れて見せた。

「皆さんの送り込んだ刺客は、私の右手を撃ち落とした。でも見て！　アイヌのシャーマンとギョウジャニンニクがこんな奇跡を起こしたのです。医療業界に革命を起こす歴史的事件ですよ」

「皆さんのおかげで、身をもって医療が劇的に変わる体験をさせていただきましたよ、その点には非常に感謝します。ただ大自然の神々があなたたちを裁け！　と耳打ちしています」

「刺客の皆さんは、神の化身、鹿に成敗されてギョウジャニンニクはもとより、私から何も得ることはできなかった。ご存じですよね。本田社長」

「…………」

「枝根事務長、鹿は馬鹿にできませんよ」

「…………」

「長井とその手下に私を殺すように指示を出したのは、本田社長ですか？　本田先生ですか？

正直に言ってもらえれば手荒なことはしません」

「ちょっといいかね？」

本田靖幹事長が、話に割って入ってきた。

「そんな凶悪犯罪をするような人間を、天下のKメディカルが入社させるか？　先日、マスコミに出た長井および社員は事故だった。我々とは無関係、趣味の野生動物の狩りの途中、事故にあった。そして、精神疾患になったと聞いている。あんたとは無関係」

と、弟を擁護しようとした。

「わたしは次の会合があるんで、失礼するよ」

そう言い、本田靖幹事長は、席を立とうとした。

「お待ち下さい。まだ話は本題に入ってません」

影浦は、引き止めた。

「ん？」

腰を浮かせた本田靖幹事長、本田清治社長。

「ギョウジャニンニクは必ず枯れます。そしてすぐに表に話は出ますよ。私の情報をもとに栽培に関わる人間と組織を変更しなければ、あっという間に全滅する」

「ほー、では一体どうしたらいいんだ」

と本田社長。

影浦は立ち上がり声のトーンが上がる。

「Kメディカルはこのプロジェクトから即座に外れることだ。大学病院から一切離れること、今回のアイヌから情報を引き出し、かつ私と堀田君の殺害を企画したことをすべて警察に詳《つまび》らかにして法の裁きを受けること」

影浦は、結論をダイクレトに切り出した。

「なにをたわけたことを」

「ギョウジャニンニクは野生の薬草。栽培は難しく、アイヌの伝承法がなければ、人工栽培はできない。人工栽培のギョウジャニンニクではエクソソームの安定性は出せない。現状、ギョウジャニンニクは、近代農法同様、植物の根圏という非常に重要な栄養素と土壌菌とのやりとりの窓口を無視して栽培している。これでは真に人類に貢献する薬草、及びエクソソームを創造することはできない。さらには栽培者の意念を過敏に反映する特殊な植物。人間でいうHSP（ハイリー・センシティブ・パーソン）の方でかつ大義を強く持つ組織、人間にしか栽培を成功させることはできない。

現状の大学病院研究棟でのギョウジャニンニクは成金植物で成分は全く異なる。ギョウジャニンニクが幹細胞エクソソームに安定をもたらすのは、アイヌ伝承法に基づいたベースが必要。一つは化学薬品、農薬は一切NG。そして自然堆肥。さらに栽培者のポジティブな想念。これらがギョウジャニンニク自体のエクソソームに反映される。

そして本日お集まりの皆さんが関与する限り、栽培がうまくいくことは100%ない！　難病患者を救い、医療費削減、日本と世界の医療に光明を照らす新しい医療の流れを構築するお宝！　あなた達には一斉に手を引いていただく」

「うむ、散々好き放題に放言しやがって、真の狙いは何なんだ」

枝根が口を挟む。

「金か？　教授職か？」

本田靖は、影浦を懐柔《かいじゅう》しようとした。

「人類に真に貢献するシステムを広めること、ただそれだけ」

影浦がそう言うと、

「それには、金が必要だろが？　如何ほどだ？　100億、200億か？」

本田靖は、裏稼業独特の雰囲気を露呈していく。

「話が全く通じない人種が存在するんだ！」

影浦は、小さな声で呟く。

「綺麗事では世の中は回らない、夢だけで一生終わる雑魚は新橋の広場で叫んでればいい。サラリーマンにはわかるまい、影浦！」

「拝金合理主義の世界では金は必要だ。しかし真の大義ある夢には自然界は天下の回りものとして味方してくれるものだ。あなた達のように利他の心が無ければ、単なる金にしみついた怨念に人生自体が翻弄され大義から外れ、いつしか人の道さえ外してしまう」

「Kメディカルはこのプロジェクトから直ちに降りること、皆さんが大学に近づくことを私は絶対に許さない」

「一介の勤務医が偉そうに。君はもう少し、利口かと思ったが、残念だね。かつ君は知りすぎた」

本田靖は、後ろに控えていた秘書に声をかけた。

「やれ、自白剤でギョウジャニンニク栽培の詳しい情報とエクソソーム製造方法を取り付けろ。用が済んだら沈めろ！」

ドカドカ！

社長室に麻酔銃をもった男、そして棍棒をもった男が二十名近く入ってくる。

そしていきなり影浦に麻酔銃を撃ち放つ。影浦の上腕をかすめるも身体を開いた影浦は間一髪でよけた。

(馬脚を現したな！　しかしそれにしても暴力団以上にタチが悪い輩をかくも大勢集める能力はすごいな)

「皆さん、今から再生医療のすごさをプレゼンテーションしましょう」

と言うと影浦は、本田社長のスマホを右手で握り、そして麻酔銃めがけて投げつけた。誰の目にも見えないスピードでスマホは銃に直撃し、銃は空中に舞った。そして次には本田の万年筆を取り上げ再び投げつける。万年筆は麻酔銃を持っていた男の右手に刺さり、男は悲鳴をあげた。

「破壊された右手は、再生してからリハビリを続けました。以前より器用に、かつ正義感と怒りの感情が被さるとさらに力を発揮します。今のペン、時速165キロ、大谷超えです」

すかさず本田社長は拳銃を取り出す。

「調子に乗りやがって」

影浦は右手一本で目の前の机を軽々と持ち上げ、本田兄弟と枝根に投げつける。たちまち男三人は200キロはあろう机の下敷きになる。

さらに二人の男が懐から拳銃を取り出すや、影浦は右手一本でバク転し、その二人との距離をつめた。そして右親指でレバーパンチをまず一人目に打ち込む。

3センチの距離から1インチパンチ一撃で相手は失神。そして次の銃を持つ男には、足払いで倒した勢いでそのままみぞおちに右手正拳突きを喰らわす。さらに右手での正拳を鼻にも喰らわし、〝ぐしゃ〟という音とともに男の鼻からは勢いよく出血した。机の下敷きになっていた本田兄弟と枝根は机をようやくどかし、部屋から逃げ出そうとする。

「長井からの情報を壮絶に上回る化け物だな。こいつは」

そう言い、逃げようとする枝根の臀部に蹴りを入れた。

「ギャ！」

枝根はひっくり返った。そして、本田靖幹事長の鼻先に右拳を突きつけた。

「この腕はあんた達の手下に破壊されたが、ギョウジャニンニクとアイヌの秘伝で再生した。残念だったな。この技術はあんた達には渡さない」

「お前一人で何ができる。我々を甘く見るなよ……裏金、献金、脱税、そんなことは拝金合理主義の世界では当たり前のことだ。なめるな、この偽善者が」

本田靖幹事長は鬼の形相で影浦を睨みつける。

影浦が「すべて一件落着」と言った瞬間、背中に大きな衝撃。

熊用の麻酔銃が、影浦の肩甲骨の真ん中に突き刺さる。同時に影浦の膝の力が抜けて糸を切られた操り人形のように崩れ落ちていく。

薄れゆく意識の中、影浦の前に仁王立ちになった男の姿が浮かぶ。守山教授だ。

影浦は衝撃の眼前光景と麻酔銃のダブルで全身の力が一気に抜ける。

そして、信用し続けてきた男からとどめの一撃が加わる。

「影浦先生、私はあなたがうらやましかった。理事長から影浦君を学長ラインで進めるように言われていたんだよ。君のオールマイティの才能、能力を学長は高く買っていた。

私が教授になって、一度投薬ミスをしたとき、私は学長職の道を断たれた。その折、将来的には影浦君の指定があった。君をしっかり育成するミッションで私は教授職ひ免だけは免れた。私は君にも同じ目に遭ってもらおうと四柳看護師にKメディカル社のカテーテルを使うよう指示を出した。そして君に罪を擦《なす》り付けたんだ。横須賀再生医療研究所にすべてNNN含めて情報を流していたのも私だ。君は自らをHSPで人の心が見抜けると思い込んでいるが、一度信用仕切った人間には節穴だ。どんなにデキる奴でも、人間そんなもんだよ。そして本田兄弟、長井以下を動かしていたのも私だ」

どんどん薄れる意識の中で影浦は、究極の裏切りに思考が止まる。ふりしぼるように
「私は生まれてから一度も父の顔を見ていない。あなたを父のように思い信じ切っていた」

「ふっ、甘い。人間の心は両刃。私にだって善良な心はある。だから君を今は殺したりしない。己の夢の喪失、落胆、嫉妬、特に男の妬みは正義感より強烈だ。人間、性善説などありえない！　これが影浦先生への最後の教授だよ。そして人はミッションに失敗したときには命をもって詫びることだ。君は私に夢のエクソソーム治療薬を提供するミッションに失敗した。さ

あ、ギョウジャニンニクのこと、エクソソームの製法すべてを語りなさい！　自白剤が充分効いているはずだ！　喋ったらちゃんと殺してあげるよ」

影浦は全身の力が入らなくなった。そしてその瞬間だった！

そのとき一斉に近くにあるパソコンから鬼の形相の守山が映し出された！

「200万人のフォロワーがいる総合格闘家・今野君のURLを借りて、さっきからのすべてのやりとりはライブ配信されているわ！」

携帯の先の希からの声。

「ウォー、やめないか！」

守山が叫びながら逃げ出す。階段を勢いよく下りていく。

「ライブ配信は順調！」

「右京、警察が現場に到着するから、しっかりして！　アクセス件数は現在180万人。ここに探偵の従兄と友人毎朝新聞記者陣、さらにテレビクルーもいる。今、ビルの下に高輪署の警察が到着したわ」

警察、多数のマスコミが一斉にビルを駆け上がる。

日本中がスキャンダルで大騒ぎとなった。

本田兄弟、枝根事務長、守山教授は、階段から突入した警察に押さえつけられ、一斉に逮捕。Ｋメディカルからの政治献金、裏金、脱税、さらには裏社会活動がすべてが表に出た。短時間での結末を迎え、右京は救急車に収容された。

明光大学医学部での再生医療研究は中止、下谷は懲戒免職、すべては振り出しに戻ることになった。

第12章 和合医療
―新たな医療へ―

堀田希は一連のKメディカル事件をシューティングした英雄だった。その後の警察とのやりとり、マスコミ対峙と1ヶ月程度は余波に巻き込まれた。

影浦とはなかなかゆっくり話をする時間がなかったが、ようやく二人きりで会うことができた。

「希、ありがとう。本当に、助かったよ。これから、新しい医療を開くためにやらないといけないことが山ほどあるよ。私は大学病院を出ようと思っているんだ。アシリレラさんからのオファーで沖縄にある琉球フェニックス温泉病院を視察してほしいと言われているんだ」

「なんか直感的にその名前にとても惹かれる」

その病院、この3年ほど赤字で病院自体が倒産に近いという話なんだけど、医療特区で我々の研究を継続するには場所、気候ともに申し分ない。それに何よりアシリレラさんのシャーマン仲間が影浦を招聘《しょうへい》したいとのオファーがきている。縄文の神々に呼ばれている気がするんだ。もし我々の病院での先進医療が経営にも役に立ち、そして研究を進めて他の医療機関では治せない病気を治せるようになれば、こんなに素晴らしいことはない」

「すごい！　絶対に行くべきよ！」

「うん、そう、もちろん視察は明後日に行くし、イメージ通りならば、そのまま琉球フェニックス温泉病院で和合医療を展開するなんてありかもしれない。それで一つ話したいことがあって」

影浦は、言葉を濁した。希は先に口を開く。

「……アイヌと琉球、縄文でつながる二つの民族、右京、絶対に呼ばれてる！　なんか感じる！　うわ〜感動！」

影浦は小さい声で希に語る。

「活動中止させられている再生医療研究室を、新しい研究室として立ち上げ直せれば素晴らしい。『琉球再生医療研究室』という名称でね。西洋医療だけではなく、補完代替医療も含めて考えているんだけど。いきなり行った先の病院で、過激な医療は理解できない医療関係者もいるだろうから和合医療は少しずつかな。でも再生医療研究は即座に開始させてもらうことを前提に行こうと思うんだ」

「ええ、右京の夢がいよいよ実現へ向かうわ、必ず。縄文医療と先進医療の和合」

「うん、そうなんだ。それでね……」

影浦は、また言い淀んだ。

「どうしたの？　右京、せっかくやりたい事ができるのに、何を躊躇しているの？」

「うん。研究室を立ち上げるのに、スタッフを集めないとだめなのさ。事務を含めてね……」

「スタッフ集めは、重要ですし、大変よね。当てはあるの？」

希が聞き返した。

「うん。大学病院では今回の事件で退職希望者も出ており、許可が出ればマッチングしたら私が引き取りたいと思っているんだ。そこは心配ないんだけど、要は秘書なんだよね」

「秘書？」

「うーん、そうなんだ」

影浦はもどかしい気持ちになり一気に爆発する。

「希、俺の秘書になってくれないか？」

影浦は耳たぶを思い切り赤くして続けた。

「俺の個人的秘書になってもらいたいんだ……」

「右京……。それって」

飲みかけたお茶を希は思わず、噴き出してしまった。

「求婚⁉」

影浦は、思い切りうなづいた。

２０２１年９月７日「希の裏切り」

実は、私は右京が担当してくれた心筋梗塞でＥＲに搬送された堀田愛の長女。当時私は、高校二年生だった。

「大丈夫！」と右京、いや主治医の影浦先生に言われた私は、本当に安堵した。でも数日後に結局母は亡くなった。医療訴訟にならなかったのは、病院お抱えの弁護士の巧みなやりとりに丸め込まれたから。私は、弁護士を雇って裁判を起こす術もなく、泣き寝入りだった。

母一人、子一人の私は天涯孤独の身となった。私は生きる希望もなくし、高校を中退して引き取られた親戚の家で引きこもっていた。でも、少しずつショックから立ち直っていった。

「立ち直れたのは、影浦先生、あなたへの恨みの念からくる復讐心。いとこは、私の話に共感してくれた。彼はそれがきっかけで探偵家業に。そして私は大検をとって、法学部に行った。あなたを訴えるためよ。大学卒業後、クラーク採用面接を受け、見事にあなたに近づくことができたの。あのときの私は、恨みの念だけで生きる化け物だった。同時にいとこの秘書は、病院の内部情報を隈なく入れ込んでくれた。だからあなたと知り合ったばかりのときは、私は守山や下谷、長井同様、あなたをおとしめようとするとんでもない悪人だったの」

「ええっ……、まさか……」

右京は一気に落ち込んでいくメンタルに、悲しみと希を失う恐怖が同時に襲ってくる。

「でも、調査と私が集めた情報が一致して、いろいろな真実がはっきりしたの。悪いのは守山の策略と看護士の四柳。そして、すべて清算された。

母は拝金合理主義に魂を売った人達の犠牲になった。もしかすると、あのとき正しい器具が渡されても助からなかったかもしれない。それが母の運命だった。私は影浦先生に近づき、貶めようとした。こんなにピュアな人を……、そして何より凄まじいまでの人の命を救うことへの熱い思い、正義感にあなたに惹かれていった。自らの浅はかさを情けなく思い、途中からはひたすらあなたに人生を捧げようと思ったの。でも私はあなたと結婚する資格なんてまったくない。だって、あなたを貶めるために近づき、刺し違えようと思っていたんだから……。

私には結婚する資格なんかない……」

希は泣き崩れる。

影浦は希を抱き寄せた。そして影浦の目からも大粒の涙が溢れ出す。

「どんな策略に遭おうとも希のお母さんを助けられなかったのは主治医の私の責任だ。」

二人で嗚咽して泣く。

「でも、もし希が許してくれるなら、結婚してほしい」

「えっ……」

「もちろん」

「……はい」

影浦は希と結婚し、大学病院での部下、田村をはじめ八名の医師を引き連れ、琉球フェニックス温泉病院で、臨床および再生医療の研究を開始した。研究は計画通りに運び、フェーズ1、フェーズ2、そしてフェーズ3の臨床試験でも予想以上の効果を出した。

そして、琉球フェニックス温泉病院ではギョウジャニンニク・エクソソームと臍帯幹細胞エクソソームを混和したコンビネーション再生医療が確立された。そして全国、そして世界中から患者さんが押し寄せた。

この治療は高次機能の再生だけでなく、皮膚美容、発毛、男性機能を上げる、さらに血管年齢を下げる。生理年齢を80％に落とし、健康寿命を1・2倍に引き伸ばす新しい治療として医療業界に革命を起こすことになった。

『アイヌムックリの書』。通称『レラの書』

影浦はバイブルとして定期的に目を通している。あまりにも奥が深く、読むたびに新たな気づき、新しい医療への感性が湧いてくる。

影浦は常にハングリーに、新たな医療への道としての医療システムが頭に浮かぶ。基礎実験と動物実験で結果が出ると自らに試し、治らないさまざまな病気に起死回生の武器を探す。そしてトライアル&エラーを繰り返しながら進化をねらう。

道川の書。

『道なき道をゆき、そして道を残す。永遠の医療の旅人たれ』

カラン！　カラン！

２０２1年10月、琉球、宮前島の小高い丘のチャペルで結婚式が行われた。

「おめでとう！」

人々の祝福の中、白いタキシードと純白のドレスを着た二人が、チャペルの玄関から現れた。

「影浦先生！　おめでとう！」

「希さん！　おめでとう！」

照れ笑いを浮かべた影浦と、満面の笑みを浮かべた希だった。

２０２5年10月琉球フェニックス温泉病院
「影浦院長、今日はシンガポールの医師団が視察に来ています。新山理事長は外来で忙しいもんですから、先生、対応お願いできませんか？」
師長の示野が影浦に依頼をしてきた。
「シンガポールか。了解！」

十五名の医師団に対して影浦は説明を開始した。

「我々が推進しているのは和合医療です。西洋医療は症状・病気に対して検査し、手術・薬などを使用しています。それに対して、補完代替医療という考えがあります。これは西洋医学以外の治療法、漢方やチベット医療などの伝統医療、ホメオパシーなどの治療を総称するものです。この二つを合わせて治療するのが和合医療の考え方です。日本も江戸時代まで外科医は全員、骨接ぎ、内科医は全員、和漢医でした。日本でも伝承療法を擁護して、先進医療と和合を図らねばなりません。そして縦ではなく横のつながりで人を診る。再生医療という先端医療と日本独特の鍼灸、アイヌ漢方を含めた和漢方をドッキングさせる。最近では研究が進み、ドイツでは振動医学、身体のそれぞれの組織には固有の振動があり、それが狂うと病気になる。それを戻す事によって治療できる事がわかっています。これは、音楽療法の効用にも通じています。さらに、医療哲学としては、健康の神を外に置かず内に置くというシャーマニズムが基盤です。言霊、音霊、形霊というスピリチュアルな手法も重要。これらを系統立ててシステムをつくり臨床をこなす。これが『和合医療』なんです」

「当病院の一番の特徴は、認知症、特にアルツハイマー病の診断を受けている方の認知機能が3ヶ月程度で一気に上がり元通りの認知機能に戻る。つまり、ボケがあっという間に治るのです。高次機能（脳機能）の再生であり、臍帯幹細胞エクソソームのたまものです。ギョウジャニンニクという縄文人、アイヌの方々から授かった素材とそれを人工栽培する技術とアイヌの英知の合わせ技です。この治療で脳の機能が短期間で改善し、社会活動を制限されていたご老人が見事に復活し、二度目の人生をやり直していただけるという画期的な医療です」

看護師の新川が走ってきた。

「影浦先生、救急患者です。ERが今日は二人しかいません。どうも過去にない強い頭痛を訴えられていて、その後意識消失です。SAH（クモ膜下出血）の可能性がありますが、本日脳外科医が徳丸病院に取られていて不在です。先生申し訳ありませんが、お願いできませんか？」

「了解。臍帯ウォートンジェリー幹細胞エクソソームの準備をしておいてくれ」

影浦は、シンガポール医師団を連れて、ERに急いだ。

救急救命士からの第二報。

「42歳女性。沖縄まで訪問してきた取引先と会合中に発作的に起こった頭痛。その後、嘔吐。10分後には顔面蒼白となり、救急要請。救急要請直後に意識消失。血圧80／50、JCS100、SPO2（酸素飽和度）78％。そのため酸素を使用しています。

現在、5L使用でもSPO2 88％、血圧88／60、JCS100の状態です」

影浦が時間を確認すると23時だった。

影浦はアイヌ薬草、熊の胆核酸を3錠内服。一発で身体からアルコールが抜けた。

10分後、救急車が救急玄関に着いた。

影浦は救急隊員に尋ねた。

「状況は？」

「患者さん氏名は、浦添しずえ。42歳女性。ＪＣＳ２００・$O_2$６Ｌで$SPO_2$２８０％、血圧80／45です」

救急隊員は、緊張した面持ちで答えた。

「うん、状況は更に悪化している……」

患者を診察台に乗せ、モニター、ルート確保を急いだ。

影浦は慌てずに血管確保した。

「……呼吸音に左右差は無いが？　心電図も心筋梗塞を疑わせる所見に乏しい……。まずはプレーンでのＣＴ」

影浦の指示に、スタッフはテキパキと対応した。

「影浦先生、写真ができました」

田村がパソコン上の電子カルテにＣＴ画像を映し出した。

「典型的なクモ膜下出血だな。放射線科を呼んで」

（かあさんと同じ名前しずえ、しかもかあさんがなくなった歳と同じか、クモ膜下出血……。偶然過ぎるな）

影浦は写真を見て、

「出血部位の中大脳動脈瘤をカテでコイリング破裂した血管にＤ７アンチセンス核酸を流し込むぞ」

放射線科の伊藤が３分後に現場に到着、そして右頸動脈から入れ込んだカテーテルは２分後に裂傷部位に届き、コイリングにて止血。

「バイタルは？」

影浦が田村に聞く。

「血圧１００まで戻ってます。ＳＰＯ^2 ９８％。一気に戻っています」

「ＯＫ。Ｄ７アンチセンス核酸を注入して10分後に再度ＣＴだ」

注入後５分。

「浦添さん～！」

影浦の呼びかけに、

「うっ、頭が痛い」

意識が戻る。そして５分後ＣＴ撮影。

影浦はシンガポール医師団にＣＴ画像を見せた。

「いかがですか？　最初のＣＴと比べてください。出血病巣は、10分でほぼ消えています。動脈瘤の破綻は今後の血圧コントロールのみで様子を診ます。

本日は遅いので入院ですが、通常ですとデーサージェリー。治療終了後時間でお帰りいただきます」

「リアリー？」

シンガポール医師団からは驚嘆の声が上がった。診療終了23時半。

「うちは南青川のフレンチ、虎ノ間のイタリアン、白銀のすし屋、高野プリンスの味街道のシェフが病院内に４つのレストランを構えており、入院食もビタミン、ミネラル有機野菜に加えてこれらのレストランからの出前ができる。味に徹底したこだわりを持っています。本日は皆さん、ＶＩＰ用の入院ベッドで寝ていただき、明日の朝食は、白銀のすし屋が出す和食を堪能ください」

翌朝、見事な和食を堪能した後、シンガポール医師団には続きの案内を新山理事長が担当した。

「病院内には、縄文人の伝承療法記念館があり、沖縄伝承療法、アイヌ伝承療法の歴史をみることができる。沖縄はアイヌと同様縄文人の末裔です。私もその一人として熱い思いで記念館をつくったんです。リハビリには１２０床ながらＯＴ、ＰＴと日本伝承療法のひとつ柔道整復師、さらに和鍼の鍼灸師が約100名体制で手厚いリハビリ活動を実施しています。また音楽療法を積極的に取り入れ、元大手有名芸能事務所のメンバーが入れ替わりで演奏活動。さらには患者さんが積極的に楽器を弾くように演奏専用スタジオも配備されています。影浦院長は和太鼓を趣味としていたが、それを生かして、和太鼓療育を入院患者さんに導入してますよ。影浦先生、自ら積極的に和太鼓の指導をしています」

シンガポール医師団は和太鼓療育にも参加した。

「心身共にリフレッシュできました。それにしても最先端再生医療とアンチエイジング、特にアルツハイマー、認知症全般の改善率は驚異的数字を出している。さらに娯楽、エンターテインメント、日本人のおもてなし感性が詰まった病院！」

シンガポール医師団からは絶賛の声が上がり、シンガポールに是非姉妹病院をつくってほしいとリアルなオファーにつながった。

シンガポール医師団のお見送りには、影浦の妻となった希が3歳の男の子ムカルを連れてやってきた。自らつくったシーサーの焼き物が各自に贈呈された。

「これは主人が魔物にまとわりつかれないように、魔よけとして沖縄に来てから私が作り続けているお守りです。皆様の今後のシンガポールでの医療改革に邪魔がはいらないようにプレゼントさせていただきました」

「オゥ！　スモール　マー・ライオン！」

医師団から声が上がる。

「おじちゃん、おばちゃん、また来くるさ〜」

アイヌ部落の若き精鋭、ムカルの名前をもらった影浦ムカルは無邪気に沖縄弁で挨拶をした。

おわり

著者プロフィール
陰山 泰成（かげやま やすなり）

東海大学医学部客員教授。

岐阜県出身。医学博士。九州歯科大学卒、岐阜大学医学部大学院卒。医師・歯科医師のダブルライセンス・ドクター。

救命救急科、整形外科、歯科麻酔科を歴任。

日本総合健診医学会専門医・日本人間ドック学会専門医。高輪クリニックグループ代表。

東京大学発ベンチャー企業、株式会社医道メディカル代表取締役社長。


エクソソーム・パラレルワールド―小説編《しょうせつへん》―

2024年4月11日　初版第1刷発行
著　者　陰山泰成
発行者　友村太郎
発行所　知道出版
〒101-0051 東京都千代田区神田神保町 1-11-2
天下一第二ビル 3F
TEL 03-5282-3185　FAX 03-5282-3186
http://www.chido.co.jp
印　刷　モリモト印刷

ISBN978-4-88664-364-3